南方人文。駐地書寫

山林野旅手札

汪啓疆／著
周里津／繪　盧昱瑞／攝

南方人文・駐地書寫

山林野旅手札

南方人文。
駐地書寫

市長序
城市靈魂的永恆誦歌

為了勾勒描繪大高雄現今山海、田園以及都會等多元樣貌，此次「南方人文駐地書寫」計畫，締創有史以來最龐大的陣容，集結文學創作者、影像工作者及插畫家，深入高山、海港、農園以及現代大都會，讓文學家蹲點創作，團隊們深刻紀錄，並且走入基層的庶民生活，與大地熱情擁抱，為城市多樣的靈魂，譜出一首首永恆的文學誦歌。

大高雄自從縣市合併後，整個城市壯大雄偉了，不但從平原向高山大海延伸，並且從繁華都會擴展到綠意田園。為了發揚高雄市文學與土地結合的在地書寫軸線，「南方人文駐地書寫」計畫，策畫邀請在地創作團隊，走入南台灣生命力最為旺盛的大城小鎮。

這一系列的文字創作，包括汪啟疆《山林野旅手札》、郭漢辰《穿走母親河畔》、李志薔《臨海眺望》、鄭順聰《海邊有夠熱情》、劉芷妤《TO西子灣岸——我親愛的永無島》以及徐嘉澤的《城市生活手帳》，作家不但行走在大高雄崎嶇山林、綿長海邊，還在田園中成為一顆旺來，想像自己如何在大地的擁抱裡奮力成長。作家們還在浪濤聲中以及大都會的霓光彩影裡，傾聽孩子們及青年人的心聲，他們在上山下海遍地書寫中，賦予在地書寫更豐盛的新生命。

創作者還努力挖掘在土地、海港、山林等辛勤工作人們動人心弦的好故事，將關懷視野，灑遍大高雄每吋土地，深刻觸及莫拉克災區和弱勢小朋友的議題，讓大高雄生命的熱度，轉化成一個個發光發熱的文字光點。此外，為了讓作家所勾勒的大高雄立體化，我們動員了攝影師、插畫家、紀錄片或短片拍攝團隊，以現今多元藝術媒介的操作，留下一抹抹創作者與土地接觸的動人身影。

從此以後，讓我們從作家的文字裡，呼吸山林最清淨的空氣，學習大海寬闊的胸襟，更要像一顆汲取天地養份的旺來，最終無私奉獻的精神。我相信，在這座由文學搭建的城市裡，未來將有更多創作者，行走在大高雄的每個角落，讓文字飛揚成一首首永恆的誦歌。

高雄市市長

陳菊

局長序

遍地開花的文學種籽

縱觀國內外最好的文學創作，幾乎都是深耕地方，從自己生長的大地上，紮根、萌芽，最後遍地成林，綠意盎然。大高雄「南方人文駐地書寫」計畫，開啟大高雄地方書寫新扉頁，不但由文學創作者，將一顆顆文學種籽帶到山林，攜至海濱，歸回田園，並且栽種在大都會的柏油路上，無論環境多麼惡劣，種籽照樣衝破任何橫逆美麗開花，在我們這座城市裡，綻放恆久的文學芬芳。

參與這次書寫工作的文學創作者，代表大高雄地區不同世代的文學視野，深入大高雄地區從平原到海邊又深入山區的特殊環境。其中著名的海洋詩人汪啟疆，放下了擺放在他心中一輩子的海洋，走入那片在八八風災被重創的山林，寫下了《山林野旅手札》，以最卑微崇敬的心，傾聽上天透過災劫告知人們，要重新禮敬大自然的訊息。

中壯年作家郭漢辰則走訪大高屏溪畔，以《穿走母親河畔》書寫河岸農業、古蹟以及藝術產業萌芽茁壯的全新蛻變。導演及小說家李志薔在《臨海眺望》，以影像般的精確文字，繪寫高雄港岸二十多年的蜿蜒記憶及變化。作家鄭順聰在《海邊有夠熱情》裡，以輕巧靈動的文筆，為魅力無窮的蚵仔寮與周近地區，描繪一個個生活在市井海港的小人物。

青年作家徐嘉澤在《城市生活手帳》中，藉著手帳式的景點隨筆，記錄下自己再也熟悉不過的高雄，描繪出部分私密和部分屬於大眾的這座城市。劉芷妤的《TO西子灣岸——我親愛的永無島》，以一篇篇看似童話般的故事，書寫出在城市角落裡等待被關懷的小朋友們。

我相信，每個人心中各有一幅大高雄的城市地圖，如今我們更希望透過大高雄作家們這一系列的深入書寫，讓人們都能握取到打開自己城市記憶地圖的鎖鑰，勇往直前走入自己的山林大海，傾聽山風浪濤的無盡密語。

最終我們會走入寧靜的田園，把耳朵俯貼在大地上，聆聽到每顆看似平凡又不平凡的文學種籽，開始他們在人間的心跳。然後，我們會親眼看見他們在眼前，遍地成林遍地開花，大高雄成了一座綠意花香的文學城市。

高雄市文化局局長

馬樂遙說著昔日的傳統領域。

作家寫作者

將軍的戰場——汪啟疆

郭漢辰

汪啟疆出身軍旅，他前半生的戰場，在萬千濤浪的海洋上，以船艦乘風破浪，刻寫出軍旅的功績。他有三十五年的時間在大海裡渡過，掛著中將的職階榮光退役。汪將軍常說，海洋及船艦，都是他生命裡的原鄉，是他永難忘懷的生命姓氏。

他的筆下，更統領過千軍萬馬的詩行，在文字的戰場上，掀開一本又一本詩集的扇頁。他的詩集泰半仍在汪洋裡浮沉，包括《海洋姓氏》、《海上狩獵季節》、《藍色水手》、《人魚海岸》以及《台灣海峽與稻殼之舞》等，他的詩行始終波濤湧盪。

近年來汪將軍的戰場，堂而皇之登上了陸地，以愛打開城市牢房裡每一顆被囚禁的心，讓灰暗的心靈，重新回到人間，不再仇恨世界。他在教會、監獄、學校、家庭，重新體會自己對這塊土地的深刻情感。

如今，汪將軍的戰場早已消失，早已被濃烈的愛及關懷所替代，所謂的戰場，成為他以愛心栽種的大地。他來到被風雨盤據的山林，以愛與詩行弔念逝去的美好美好，他以勇氣鼓勵那些披著風霜的朋友，攀過一坡又一坡的生命險峰，走出曾經晦暗的地獄，迎向陽光璀燦的每一刻時光。

畢竟行過地球大半的藍色海洋，台灣的大地及山林同樣，都是汪將軍真正的家鄉。

作者序

心裏的聲音被鳥唱出來了

汪啟疆

當文化局邀請撰文高雄山林，而且安排了實地書寫及接觸生活時，心裏滿是感謝。城市孵出的生命，誠如「我的年日窄如手掌」（詩篇卅九章），我需要對生活的山川、河嶽、人文有更開濶的認知，更當具有：「我的心在我裏面發熱；我默想的時候，火就燒起」的宗教情操。一個生活者的瞭解，如衣被蟲所咬的真摯，乃是參予。

我參予了好多山林人文，好多溪河、好多源頭、好多赤裸若漂石的本質，最樸拙不可失卻的坦率敦厚之一切。我出發的第一句獲得，就是「心裏的聲音被鳥唱出來了」。敬愛的山林子民啊，我體悉天命與時態，那高雄境域內萬物具在的版圖。

作者簡介

汪啟疆，一九四四年生，一九四九年隨父母部隊撤遷高雄。海軍軍官學校一九六六年畢業。曾任艦長、艦隊長、海軍學院院長、海航指揮官，二〇〇〇年自中將退伍後擔任監獄志工及軍校兼任教官。曾獲二〇〇〇年中山文藝獎、二〇〇二年國軍文藝散文金像獎等。著作包括：《風濤之心》（2013，春暉出版社）、《哀慟有時跳舞有時》（2011，春暉出版社）、《台灣海峽與稻穀之舞》（2005，黎明出版社）、《人魚海岸》（2000，九歌出版社）等。

溪流

出發

心裏的聲音時常被鳥唱了出來。

一．版圖

玉山山脈和中央山脈在高雄北界蜿蜒交疊，山脊跨越嘉義、台南、屏東、台東四個縣市界區；峰巒深邃，以龍蟒形勢昂揚起伏，具有極為豐富多元的溪谷、峽崖、林相、植物景觀及山區居民的不同族裔、人文。

在高雄境內，山形由北向南、由東向西，概以楠梓仙溪流域（那瑪夏區、甲仙區、杉林區）、荖濃溪流域（桃源區、六龜區）、濁口溪流域（茂林區、旗山區）三條溪河，聚居著布農族、鄒族、魯凱族、漢族、新移民……諸個部落的生命族聚。循著各條溪河回溯，山林在水流與山路兩側展現季節變貌，處於不同海拔的光影風雨內，安靜的、肅穆的、自然率性的，保持寂靜或發出各類生命的響聲，滋生在各別的版圖內。

循著溪河往上逆行，回到了更大的原始，以及蘊藏在原始內始終存在的顏色、動靜。山林在遠眺中依附群山起伏，在溪河兩側緩昇與崖俯，灘石佔據了河床眾多面積，蘆葦芒草各具姿態，一些水禽偶現跡踪，帶動水光及沙堵生機。

但是，當我站停在這礫石發响的水流版圖內，向來處之源頭、去處的溪河方向兩端顧眺，情緒竟被浸滲在整股寧靜已極的寂寞感裏。第一次深入到三個溪河的不同段落，對流來的、流去的、在我四周真的形成情緒漩渦；人就同漂石，有了沉重，時間就像劃過身體而去，但是又具

馬樂述說著昔日的部落傳統領域。

馬樂述說著昔日的傳統領域。

有更巨量積累在山最深處的沉鬱。溪水萌生的所在，就等在彼端，具有獨特的聲响，期待再一次匯注出莫拉克般的洶湧奔瀉。在水聲和大寂靜內，我體悉到：

人世日月，山川草木；天地玄黃、宇宙洪荒。

敬愛的上天啊，我在這裡體認天命與時態。深深觸悉萬物生滅各具地域，測估蟲介、禽獸、魚蛇、山林、村落，我所能涉及的版圖。

二．溪流

我抓捏著了一小小塊溪河撈起的石粒。

「你是那一塊山石的崩坍？再又經過多少年的滾碾？」

溪河在開擴的河床收縮作幾條分流又匯合、匯合又分歧的水道，是

不顧及任何理由的。我屢次環顧兩側山林，來處去處堵住了的峯屏，心裏突然蹦出了：秩序，這兩粒字。大自然有秩序嗎？

秩序，是這一份秩序顯現的週遭一切。鳥聲突然出現了。雲出自天空移動過溪河壁豎的山形天井。樹木們被河隔開，以近乎隊形的存立為岸和崖。水聲在石頭起宕處變大了。風，怎麼不覺得它早就在刮動呢？

在溪域內，有幾處似被劃開的貯水漥地。

秩序的形成，該是上天的心意所留痕刻劃的。我把石粒還回溪河，双手揚開，我竟想到另在一些高山深處人所闢建的清靜農場，富貴山農場。全是一些人工修葺的聳木與樹林，這份塑造類似園藝的秩序，包括印象內以二十幾種蘋果接枝生出各具原枝原貌的不同蘋果的一棵蘋果樹。以及那因地震坍方而隔絕在台灣深山冷澗，一代代活著的櫻花鉤吻鮭。

我所立的這處溪河也存在著秩序嗎？

河也存在著秩序嗎？

立在這條溪河的任何一處，走入溪河留出的乾濕灘堵，就像心境已被一個神秘的電纜線頭紮起來，跟台灣山巒都通連了……。我心裏閃過神木林、玉山箭竹、鷹、白鼻心、蛇、雲豹、山羌、水鹿……想起太多聽聞的傳說，包括：在巨大森林內時間的凝止，巨木們內存著曾是小樹木的年歲，生物們保持雛小姿態，極慢的生活節奏，時間裡發生了必然和偶然。傳奇，就是在這樣的內層裏形成出胚芽。

楠梓仙溪、荖濃溪、濁口溪，相互間都有這樣的插座和連線，共繫在山的涓漏裏合匯、分散。並又在各別的遠方，緩緩傳唱一首充滿秩序聲律之歌，或一首完全奔放失序狂烈的歌。

三・天籟

我也聽到了無數秩序的非秩序回音。

——山林的生命是莽野而不受拘束的！它因著無盡的深邃而難以想

象。由於陌生，甚至會把我所悉知的所有秩序予以否定，讓人充滿懷疑、不安、恐懼。並且喚醒了人的身體內巨大無知的某些陰森……帶來了崩潰的感覺，使很多熟悉的認知嘎然而止。——這或就是部落族人們所說：在莫拉克風災暴雨山坍所聽到所感受的山鳴。

——在天地間行走，與山澗崖林親密接觸，屢屢觀察觸看及喜悅感知到某些運行規律。某些生命流動、某些始終靜止、或偶動，如蜂巢之蜂、蛻皮之蛇、水之蝌蚪、風之落葉，都發出响動；生死都以一種秩序與非秩序的突發而形成。

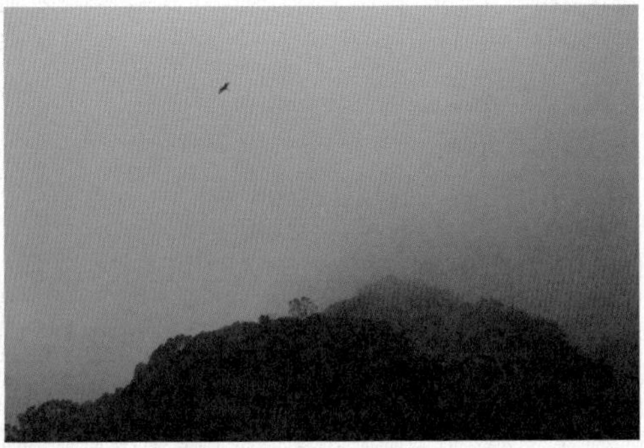
分辨天地所鳴的聲音。

——任何的存在，都具有各別屬性。若介入我的意念，就成了主觀；真實記錄它的特質，就是客觀。主觀是個人經驗閱歷，客觀是那些東西的本體、存在、和真實……所投射給我的領悟、感知、啟發。在我認識這些之前，我似乎先要學習分辨，那由客觀形成我主觀裏的：天地所鳴的聲

音。

——山林啊，請以色澤和各具的氣息，咆哮和振動，給我最自然的反應：是沒有疑惑的樸摯，是不具洞澈的真拙。要自己感覺到，才是真實的；別人教的，那是假借來的真實。

——在期盼中帶來一些喜悅和焦慮……樹木和一切是否也能如此將聲音彼此滲和、成為多樣的交響樂演奏？天籟之所覺察，應當也是如此。

——我有了一份純粹觀看聆察的欣賞，不帶有任何目的或強要自己有所感受……而是很自然處身山林去看出顏色的塊狀、流狀、淤積狀，碰撞了硬度、脆度、柔軟度。聽一切的聲响，風來、雲移、蟲吟、樹動、獸息、鳥鳴、流水嗚咽。眼睛看到是現在，經驗體認著過去，思考開啟了未來。或者以眼睛所看到的現在，回憶所喚來的過去，天籟同在此中發生。

啊，秩序與非秩序共發的美好生命咏嘆啊！

樹木和一切彼此滲和。

這或就是部落族人們所說：
在莫拉克風災暴雨山坍所聽到所感受的山鳴。

擁有者

一・那瑪夏

「我使用母親留下的語言
但我是否有一双母親擁有的眼睛呢？
我守住 YA-NA KANAV 溪河
但我是否守住祖先清冽的心呢？」

在昔日稱為高雄縣三民鄉的三處部落位置，都為玉山山脈西南麓楠梓仙溪貫穿，群岳拱環、景貌絕佳、族情濃郁，美麗山林內的三個部落以布農族、鄒族為主要族群。地方政府在二〇〇八年正式將三民鄉（民族、民權、民生）更名為那瑪夏（南沙魯 Nangisalu、瑪雅 Maya、達卡努娃 Takanua）。二〇〇九年八月八日那瑪夏全區遭莫拉克風災浸灌，遭受嚴重的土石流坍潰，位於最南邊的民族部落（南沙魯）有八成面積被掩埋。而在楠梓仙溪最上游的，台21線最末端接近阿里山山區，最偏

遠深山處的民生部落（達卡孥娃），則在災後一度形成最深邃的孤島，那裡屬南鄒族中KA NA KANAV族人，面對困阨的生存條件，即使後來遷徙於新生社區後、高山部落的耆老仍然繫念著深山上游達卡孥娃溪的河祭文化，獨特的語言、祭典、歌謠、生活方式。

KA NA KANAV族人們仍舉行感謝祖靈庇佑、並祈求年年豐收的祭典，已具有悠久的傳統歷史。十月第二個星期五的「米貢祭」，是每年小米收成，各氏族男子會登上搭建的男子會所，即達卡孥娃祭壇進行農林漁獵的收穫報告；而女子們則在祭壇下對唱祭歌。陳展在氏族家屋的則是農作產品，飾襯有狩獵的獸皮獸骨、彩羽擺設。而四、五月裏族人們也會在楠梓仙溪河床地帶舉辦河祭。

「猝然如狩獵，我們
被天地抓住，置放入傳說中

那瑪夏達卡努瓦（民生部落）卡那卡那富聚會所。

請給我
狂風烈雨
呼喊的名字」

當我寫上述詩行，強烈體悉那瑪夏地區與甲仙鄉小林村民的驚駭。我曾以一個宗教信仰者的參予身份，帶了一批批教會的奉獻物品、送入災區之外族人們的暫時收容區。一個年輕的教友同他僅存的妹妹，瞪著不斷複述記憶的眼瞳看著我，隨後，眼淚坍潰如土石流奔湧在他臉孔。

那瑪夏南沙魯（民族部落）。

「我不明白，我一點也不明白，」他緊抓住我按在他肩上的手掌，說：「家人們全都是虔誠的基督徒……神為什麼容許這些事情臨到我們？」他帶了太多的疲憊和哀慽、痛楚的問我。妹妹更是双手蒙起臉來哭泣了。

我回答不出話。只能以双手用力將那按在肩上的手掌壓緊。

許多天之後，我再次將各教會的支助金和另一批物件帶到收容區。不能躲避的，我必然再度面對那山林般的臉孔。上回我離開時，這臉孔和他的疑問一直粘住我在來去路途、家中、教會、工作時都不曾離去……我似乎在重複聽到馬太福音內耶穌被釘十字架時，大聲喊著「我的上帝、我的上帝，為什麼離棄我。」是同樣的，那位弟兄在災後也是如此的呼叫。

對這般的呼喊，我一直沒有答案。我簡直不能以舊約聖經約伯遭災受苦的狀況，用「賞賜的是耶和華，收取的也是耶和華」來作安息於神懷抱……一切禍變死亡失喪的安慰語。我主動尋找到他，面對他，握住他双手，不發一語。

他似乎已完全瞭解了我心裏的莫奈與痛苦反應，不能作出安慰的笨拙。他回握得用力，說了一句：「我需要代禱和祝福。」

怕我未弄清楚，他再次說。

「已經什麼都坍埋了、失去了。如果我連信仰都失掉，那真是什麼都沒了。」他似乎在以一份激勵來安慰我的悸動。「我和妹妹，在家人喪亡失踪那時候起，就明白不是我們兩個在活著了。」

帶一股樹木斷折後，重又被陽光照住的，所給我的感覺。他解釋說：「我要替父母和妹妹活下去。」他下決心的頓一頓：「我和妹妹身體裏今後活著四個人。父母、我們兄妹兩個；和小林村。」

我發現我哭了出來。

二·喜歡

「在山將裂開的聲音內
風雨把孩子抱起來
奔跑到村公所，妻子和狗在旁邊
妻子抱住孩子禱告，我們活著

我走出去又走回來，狗陪著」

因著災區另一些屏東魯凱區霧台鄉災害的臨時收容安排，我攜帶救濟品由劉光哲弟兄開箱型車進入那些山區，因交通阻礙折返。面對受傷的山林，殘破的溪河，想到危險區的撤離者，我掏出筆記本，寫下所接觸災害過程的一段經歷。

在遷村與否不同意見爭議的此起彼落中，好茶教會杜玉玲牧師領我來到一處已先期依照政府遷村勸說，部落中一部份族人順從搬移到一所舊棄的軍營暫時居住。那是昔日部隊移駐後，營區圍牆束囚的「ㄇ」字形空房舍，聚有二十幾戶住家。各家區隔的空間僅及十坪大小，一些家庭就往外搭築了簡陋的廚炊間，就這麼生活下來。

「沒有後續安排，」二〇〇九

細雨中的楠梓仙溪。

年八月來的涼風，灌來臨近養豬舍的氣息，杜牧師感喟而言：「我們族人就只好等待。」

當我再次隨同聖光神學院關懷師生來到舊營區。師生們進入一間間狹窄房間作家庭的個別福音禱告，我也是其中一員。當我在一間邊居外搭、類似用餐間的棚居下，聖光神學院尤副院長握住一對倦縮在矮椅的老夫婦雙手禱告時，旁邊孫女，野羌般清亮的眼睛滴下淚水。

「難過嗎？」我悄然問。

「喜歡」。

她回應我疑惑的表情。

「你們能來看我們，為我們禱告。──我好喜歡。」

我好喜歡。四個話語的斷續句點。就這麼簡單不成理由的理由，這麼單純得不足構成任何感動的感動。立刻把她眼睛的淚水引到我的眼睛。我覺得強烈的對不起她，對不起住在這裡已經相當長久的族人。他們先時離遷，避過了這次山區原村落的災變，但是他們馴服的相信並配合聽從了遷徙政令，從原來空氣清新，山林蓊蔚的自然所在，拘擠在此地。

Regi

這原來應該最被關注的區域，卻在誠信所失落的缺塊中。事實上已確是初步安置就被遺忘、且孤絕了的一群人。

「喜歡。」多單純的感動，多馴服認命的心。

少女特擁有的天真純摯，山林的原質；使我竟看到我的羞澀不安與愧疚，而恨起自己。

「風向一改變，就聞到豬糞味。」杜玉玲牧師瞭解的說：「族人必須習慣，要忍耐等待新土地的規劃和輔建進行。因為人會忘掉的，神不會忘掉。」

舊軍營的位置。山林各個部落也很是獨立的被人從辦公桌案牘上淡置了。

三・傳統

在原高雄縣的山林部落，昔年夜深的柴火堆、焚熾的焰火內談論的必是狩獵。部落對年輕人的狩獵訓練是從砍刀和射箭開始。射箭的第一階段，就是要射出去的箭能命令它轉彎。轉彎練習一定要嫻熟，否則是不被允許去部落外打獵的。

「為什麼呢？」我問：「誰又能使射出去的箭轉彎呢？」

楠梓仙溪。

說故事者的眼睛笑起來。「我們要獵人有狩獵的心，狩獵的心比打獵技巧還重要。誰也不能叫射出去的箭轉彎呀！但是射出前要觀察好，受傷的獵物、孕孩子、帶孩子的母獸是不准獵殺的。族人從小就被教導：狩獵的人是勇士，勇士對決是要強壯的對強壯的。勝得公平，才有榮譽；對受傷的獵物是欺負；殺帶仔的母獸則是

殺了自己母親。」

「棒極了，」我說：「因此，對著這些目標，即使射出去的箭也要命令它轉彎。」

「現在打獵已經不用弓箭和獵槍了，」笑著的眼睛流露出狡黠的清亮來：「我們的獵人學校、在教我們扛著冰箱去山上打獵。」

我望著他，一百個不明白。

「哈哈」，他一巴掌拍在我肩膀。「扛到山林內就打開冰箱，開始唱歌。鳥獸一聽到我們的好歌聲，就會甘甘心心的進入冰箱，讓我們扛回來。」

「你們山下的少男少女，迷周杰倫、蔡依林，不也這樣嗎。」他正經的說。「這是對完全劃入禁獵區的獵場，我們的幽默啊。」

他以渾厚的男低音唱起母語歌謠……。

「夏曼．tu laia」我制止他，「你以族語對我們唱歌，會不會雜一些罵人的詞，而我聽不懂，一逕叫好？」

他認真的看著我。「你聽過回音嗎？」

任何向山谷山崖呼叫，發出的喊聲會遠遠近近的不斷回喊。我當然聽過。

「對啊，你在山林內，罵一句話，會有好多聲音罵回來。」他說，「山神和祖靈都不高興，就不能上彩虹橋回到祖地。」

「我們族人從先祖學習的語言裏，就沒有罵人的話。山是清潔的，喊聲也是。呼喚，清潔的。山會把回音帶回來。我們不能弄髒了山的耳朵和自己聲音。」他看著我，「只有你們漢人一邊罵人，一邊笑著臉孔。」

「而且，」他不顧我的反應，「我們狩獵回來是全部落分享。沒有你

的，我的，是大家的。我們會把最好的先敬奉長者，長者們收下，烹熟或處理了，會將最好的一大部份還回給我們，自己只留一小部份。我們愈願意這樣做，大人們也更願意償還。你以為我們怎麼以各個小部落群在山裏存活？」

我誠實的說：「夏曼．tu laia，我向你敬禮。」

殘餘柴燼中，他撥撥星火，向我意重心長的談。「我們愛小米酒，祭典時快樂喝醉，就從部落廣場各回自己家。有人醉大了，腳軟了，會躺在地上睡，第二天會醒在自己床上。因為族人會將他扶回去。」

「wa」，他稱呼我。「族人到你們漢族城市，辛苦工作，每一次薪水，在族人心頭就是收穫祭。我們喝著酒，就像回到了部落和村裏。恍然在自己的回家路徑，或者就醉倒了，在路邊上。但是沒有任何人會扶他，理會他，只罵說這蕃子又喝醉了。其實，wa……」

他把星火撥息，把水澆在上面。「wa，我們只是以為又是在部落裏。沒有離開。」他指指心口，「這就是山林孩子們的部落位置。他以為第二天醒來又是被族人扶回床上了。但是，事實卻不再是如此。懂嗎？wa，人是很寂寞的，舊記憶是這些柴燼火堆，給我們留一點存在過的東西。即使只剩灰燼。人有時候是依靠一點點昔日存在著的東西，成為擁有者的僅有。」

「即使，僅僅只有這麼一點點，過去的擁有。」他以腳撥開燼灰。它們全熄了嗎？山林啊，我一把將夏曼抱過來，手按在他後背上。「我的朋友啊。」我說。

我沒有再啃一聲。

他也沒有啃一聲。

濁口溪河床新建渡架。

蟬殼，昔日存在著的東西。

那瑪夏達卡努瓦（民生部落）
卡那卡那富聚會所一角。

那瑪夏南沙魯（民族部落）。

祖居地

一・馬樂，這個人

馬樂站在他和伙伴曠日耗時，消除好幾斤體重，將自己變成骷髏前，完成了的：追溯一九五四年萬山村各戶集體遷徙「祖居地」模型製作。這位黑高個子的混血族人，指著模型村屋一家家燈誌前的名字告白說：「追蹤那些耆老的記憶碎片，把它們拼攏，成為一整組不遺漏的圖片，是要付相當代價的。」

代價包括耐心、細心、說服力。他先是耗出時間讓村民們從無此必要，到村幹部接受，再逕行向地方政府及行政院原住民委員會爭取同意，擠出經費，節節儉儉自力經營，把原來在萬頭蘭山的祖居村落原型原址原相關位置，作了縮小又縮小的同比例全村移位，分四年時間，從二〇〇六到〇七年的試作，二〇〇七年籌劃備料，二〇〇八年開始粘砌

工程。「我就宿住在這工作台下，累了就睡，醒了就工作。任何負擔都必須帶著瘋狂。」

所以馬樂保持著瘋狂的餘勁驕傲的站在他的、但現在已完全不屬他，屬於全村部落；而僅擁有解說權的場地模型台旁。訴說到某一個家庭，就打開那家庭姓氏的電燈開關，模型台的全村落中就亮示出這家庭昔日的石板屋所在。……人和石板屋就都找到了舊家。

這位黑高個子的混血族人，指著模型村屋一家家燈誌前的名字告白說：「追踪那些耆老的記憶碎片，把它們拼攏，成為一整組不遺漏的圖片，是要付相當代價的。」

有什麼意義嗎？那就看各人自我認為了。馬樂搔著粗黑沾灰的短頭髮，低聲自語，我要做的只是：抓住部落記憶的尾巴，追尋祖靈智慧的源頭。以四十比一的比例，完成了整個舊有村落先祖砌建的家園。

一個完全石板片房屋的部落模型。馬樂認為：給予後代子孫可以找到祖屋的所在，每個家的家名（原住

我們在這縮版模型裡更找到了彼此關係，全村也找到了一份該有的而且已存在的傳承感。

名而非漢化名），居處、位置。即使萬山村現在的新村落水電、生活、樓院、居間，很舒適寬敞，一應俱全，但是住過老山腳舊部落的老人們（昔日的年輕人）需要一個自己在記憶所熟悉的地方，找回成長，來告訴兒孫種種事故。每位耆老、頭目要在部落模型完成開放時，站在這裡，滴下舊淚。

「我們在這縮版模型裡更找到了彼此關係，全村也找到了一份該有的而且已存在的傳承感。舊有的東西有它的價值，原來的語言有它的源頭。我們也藉此推動了搶救魯凱族萬山語的保存。」馬樂一副城市水泥工的膚色皺紋和粗布衣裳上的灰泥，同他語言一樣引人。「請看，各位，我們的先祖多聰明。日據時代選的村址，就思考了易守難攻、易管理統合、並且守住傳統溪域和獵場的位置，都顧週全了。」他崇拜讚嘆的深陷在感動內，急促說出令我聽來熟悉的現代軍事術語：「這舊村落最初構築、位置和形勢是有戰略選擇的，他們懂戰略選擇。」

他指著牆壁上，相對應舊住家相關位勢，解說著所張貼的各家現今全家福照片。他和工作夥伴用心以部落關係的鄰接位置，標示出了彼此間無形的歸屬效應與所產生相互依存守望的支援性。土地認識比什麼都重要，忘卻土地，村民幾乎都會淡失了原來家族效應、鄰舍相顧。

「忘了祖居地，我們現在的關係就欠缺意義了。」他熱辣辣的說：「即使在今天的村子裏，重新又建立的鄰舍關係；如果更以時間、歷史、祖靈來粘緊，這個族群就不會散掉。」

馬樂，這位二分之一軍人榮民血脈的男人，他另一半母親的血裔已取代父輩失落的鄉土。

濁口溪，蛇頭山。

二・濁口溪

莫拉克風災，濁口溪暴漲，水石沙泥刷過河床兩岸，混濁無情的帶走灘堤、建築。族人在這次災難後，回到洶湧四漫再又狠遭洪峯內龍蛇刮扒、整個改變的河床。不出意外卻也莫可奈何的發現，原在溪邊高處，護堤內的祖塋墓地，已盪坦無存，不留蹤跡。

先祖骨骸跟著河水走了。確是祭思無所，但也頗為釋然；還諸天地，本就是族人的樂觀天性。「他們雖然不捨我們子孫，但也一定很快樂，他們都是勇士和勇士的妻子，都離開去打獵。」一個頭腦即作出這樣的解釋觀點，沒人指責，就都全然認同了。

村幹部及頭目、耆老們議決，當初遷村覓地，將亡靈們安置在村落、坡田下、岸地的斜低處，確實未考量河水狀況。葬地遇到如推土機一般幾乎連全村都覆埋的大水，把現存耆老們也為自己都已決定的葬所一概沖失，那麼就該在更高坡地，鄰近舊墓址處，完成內縮岸灘改築高厚新堤後，即行優先設計施工一處紀念小公園。附代就再砌幾個露天搭棚的溫泉池，引來溫泉進行小公園的多元規劃。一些新的村落住屋亦可思考

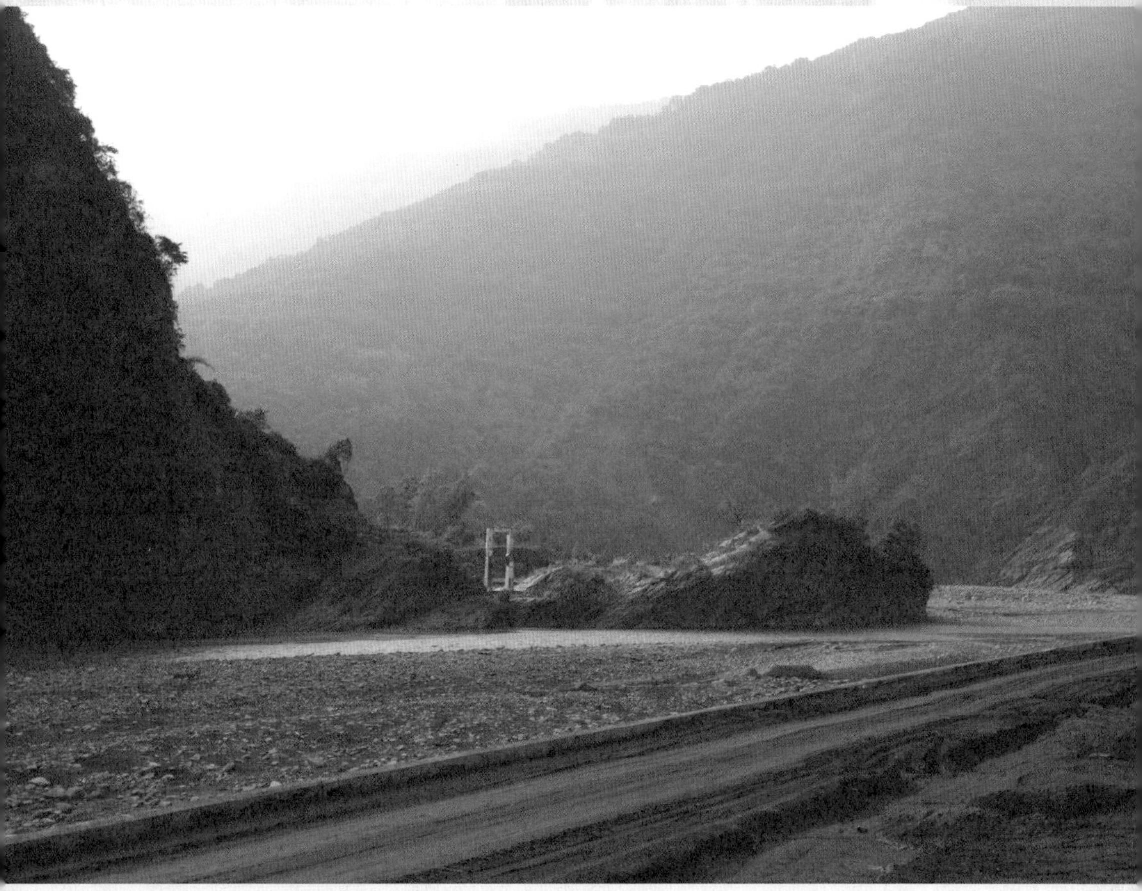

右岸新護堤處原是祖塋墓地，已蕩坦無存，
不留蹤跡。

遠眺萬山部落。

民宿效應，使萬山里稍稍具有處在山更深處多納溫泉觀光泡泉的餘瀝福利。再不然，就供由自己村民們閒來泡湯享受，看濁口溪、看山林、看層層疊疊遠近山巒。

對！規劃的美好就是生活的美好。

在濁口溪，萬山村這段落效應豐富了起來。吊橋的遺樁和豎門還殘存著，就算作莫拉克痕跡，一切都有個解說及新意義。回頭看上游的漆彩的新吊橋拱門和龍首山，再想起及更上游的蛇首山，也具顯了對比的滄桑。

走入濁口溪河床，一股龐大的蓊鬱磊落就從四周攏靠，仍然滔蕩但已變縮的溪水仍在厚垂的崖壁下續流，仰看層峯亂木和萬山村部落全貌，族人們就明白自己並未遺落。山的層次和前奔後續的水流間，因著人的存在與依附，且多方的思考自己的價值與存活，這一切給予我極大的感動。

我是個外來人，就藉由陽光在礫灘上環走，踩踩潮濕沙堵、漂石、殘木、淺沼，目光觸觸依崖洄迴的河水上游下游。孤岩蒼蒼，山鳥自啼，襯映了夕陽所染的一道道山屏光暈，心頭也產生歸依何處的溫宛美好，以及把真實暫借，與夕陽共宿的河水的安謐……。

濁口溪崖下，黃色水蝶在濕地上汲水。我告訴自己，即使上顧下盼，憑這一段溪河及我所涉及的短暫、是認識不了濁口溪和它供應存居的生靈們的種種。但，我必竟也真實的站在這裡啊！

三・女孩

她一筆一劃寫名字。

金沛珺，茂林國中。

這女孩在燈下，告訴我：

她是村裏部落的母語小老師。

我是個外來人，就藉由陽光在礫石上環走，踩踩潮濕沙堵、礫石、殘木、淺沼，目光觸觸依崖泅迴的河水上游下游。

她也告訴我，將來最盼望唱歌，因為在教會詩班就擔任主唱。她更告訴我，想當歌星，而唱歌之外就是擔任公務員，為族人工作，留在家鄉。她說話就如一隻唱歌的鳥，這小鳥很喜歡英文、數學。

女孩眼睛亮馴如水鹿、清澈的映透燈火。她對我說故事，是以母語，邊譯邊說：「小孩變石頭」。昔日婦女們都背孩子下田工作，農作忙累就把孩子放在百公尺的田坡邊草寮。近得可聽及孩子動靜；忙到了下午餵乳時，發現孩子臥睡處，抵擱放著一塊始終沉睡的石頭。這焦急的母親大聲呼喚，溪河對岸的婦人說：看到孩子被其他不識的外族人偷抱走了。

女孩的母語我絲毫不懂，但我喜歡那聲音表情的急迫性；手勢和說故事的燈火內現出焦慮的年輕的臉。纖秀、一個作夢的年歲，栽在她熟悉的家園的國三生，這兒就是由她開始規算的祖居地了。我專注聆聽，她發聲族裔母語，再以清脆國語現出一股小大人的批評態度來向我詮釋：這故事告訴人，以前的人生活勤勞，且太過於謀計生產、熱愛工作；但不能因為太過專注而把自己最重要的人給忽略、忘卻了，使自己的小孩被換成了石頭。

「就抵這些嗎？這麼短嗎？」我說。「跟小朋友講故事，不能長。」她認真且極有經驗的回答。我笑了起來。他把我當小孩子。

故事說完，她繼續談些自己的現在未來。

她喜歡教會和年齡相近的學青互動。喜歡夏令營各個村部落聚集，由教會聯合規劃活動，認識很多朋友。姊姊已屏東教育大學畢業，現在參加特考。哥哥已服陸軍義務役。而自己則煩惱於抉擇學校，高雄市樂學計劃所推薦的

茂林地標立像在談著自己的現在、未來。

是他縣的屏北高中或界內的鳳山工商。雖然父母會幫她打理很多事情，會對她的一些問題提供答案，但是就學那個高中，卻要她自己去思考分辨，好下決定。因此……有一點煩惱。

我開始對這女孩的部落、家庭與生活，具有了真實深刻的美好認知，專注聽她的心事。「我們村裡的母語班是黃昏六點半到七點半……」她的話語又跳回這主題。我覺察到女孩對擔任母語教學者，是頗為自豪的。自她的傾訴中，我們初次互遇由陌生到熟悉，以及今晚借宿她家，真是充滿意義。我結識的不僅是一個村落、土地、山林、溪谷，更是生命進到另一個生命所展現的覺察，進而如窺看山川般，看到了嶄新的預備和出發。

借宿的燈火，交連著村落路燈及各家窗口，山林沉入黑暗，昆蟲鳴唱應和，想象的溪河流過額際，也纏住我們彼此……。我想起那舊軍營暫居地的另一個少女流淚的眼眸，現在的她如何了呢？而眼前女孩的聰明敏慧，充滿勇氣，滿眼全是村落上方天宇的星光。我體察到愈來愈多的一些原住民村落，是以女性族人出來擔任鄉里長，在山的氣勢裏，流水溪河的母親已在這樣孕導，該也成為當然的情勢了吧。

茂林地標立像。

那瑪夏達卡努瓦（民生部落）卡那卡那富。

路徑

一．景緻

山鋪開自己，推上高處。

一條道路，路徑彎彎延延的把人車牽著，走在陡崖坡地間。車輛似乎已濺起水花，蓬蓬翠綠的砸向車窗塞入；低地的樹木林綠，產生被路拽過來的感覺。隨山勢轉折的車輛兩旁，是投入水裏如釣線般的道路，給人浸沐著美好的餌和感受。人們愈駛愈深的進入那一大片磊落的性情裏，鳥聲一般起落間止，心也浮動一個人間的餌，投入了起落的綠浪內。

我是來探訪唐威牧師的，他那張仿似馬英九，但較之瘦削黝黑的膚色，比之已現蒼鬱的馬先生，顯然年輕英挺。他向我講了多次他的教會所在路徑，「在茂林的群山裏，隔著濁口溪，村落坡地的前側。每天晨間，鳥就在教堂樹上唱歌。」

他的臉在路途上漩漾。他說得真是有位置、有景致，又有音樂。

在我海軍生涯初期，認識了一位文書官，原住民黝黑的臉。也因著要去探尋唐威牧師，把文書官的臉也想了起來。在僅我和他兩個軍官的航行更駕駛台，他常向我說：「我的山林」。這話題每在風濤中聽到，在在顯示了他對大海的一股強悍和自身的驕傲。尤其在冬日台灣海峽，洶湧盪搖的浪濤山頭與谷底間，軍艦都快上下顫震碎裂，他仍然神色自若（可能膚色太黑，發現不到臉色的驚駭褪白），他愈搖甩愈唱詩歌的習慣則深深影响我，我變得不那麼悸怕、沉穩值更——冬季一過，我儼然已是航海老手。那黝黑的臉，矮個身形，此刻映現想象在車窗外海一樣樹叢的森林顏色裏。

路徑上下迴繞山的軀體胸口，則讓人在冷氣車緊閉車窗內有些悶鬱。把窗玻璃搖下，感受風裏有股被呼叫的回應；山在漲高，

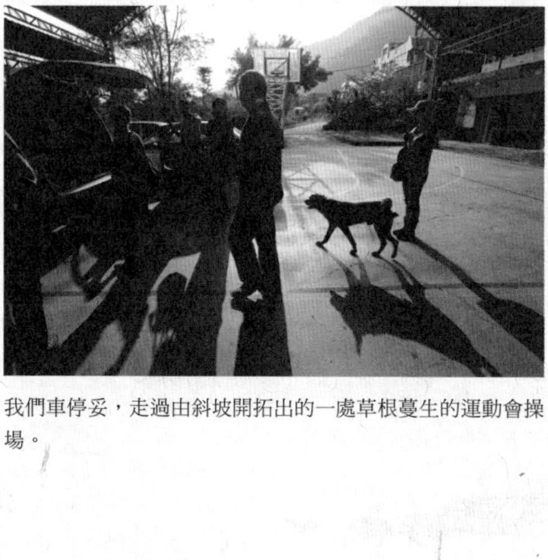

我們車停妥，走過由斜坡開拓出的一處草根蔓生的運動會操場。

綠色沸騰的湧蓋頭頂，下一刻又全退潮收往谷坡。在久未達目地的馳動中，我突然覺得該深深謝謝山岳，若不是它們的隔絕，台灣每寸土地就都被佔奪使用，城市遍佈；人間就完全失去了深邃，夢變得床一般平，雲也沒有了枕頭的地方。

在平凡的世界中，存在了能讓人感受到美好無比的山林谷澗。住在此間就能讓居者在生活中湧現無比活力。

樹在告訴你我什麼呢？

突現的簇簇野花群，又在說什麼呢？

山被擱在遠方，我在城市生活。高雄這海港商貿產業城市，完全異於山林生活。但有些景緻頗具同質性，當巨輪出入，挪移龐厚的一箱箱各色貨櫃，就和我在山裏，林木是一些彩塊般向後移動一樣，對路徑前方有無窮的好奇。一些東西是類似而不重複的陳列。這些景緻在路徑上似乎具有了導引和屬於；區別出扭開鑰匙的觀察和卸落重量的體悉。一呼吸，就是開窗灌進來的，四周所圍住的，綠色海洋的呼吸。

在山徑的樹頂天空，我看到了鷹，竟有兩隻。

鷹，更把我整個身軀與意念都從車窗曳出去了。在我人生的路徑上，好久好久未看到這生靈的景緻和屬於牠的夢了。

二・鷹

我急著要記憶此刻所見的鷹。

牠倆展伸有力的翅翼，對我而言簡直覆蓋了山巒層次與山壁所匯集的凜風，牠們羽毛必如浪頭飛沫般湧動，濺在所有巨木森林頂頭，發出的唳啼，更是君臨的生命力！

鷹是天空美好情緒內一個存生的、冷靜的、慍怒。

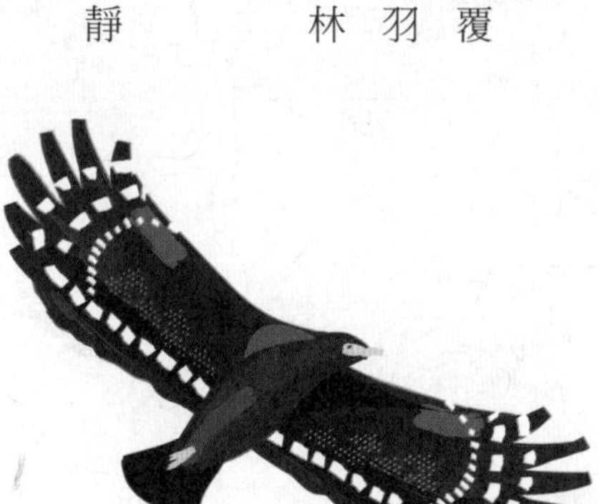

那是一具骨架，粘著羽毛，把天空撐了起來。

原住民祖輩留下了這樣的、鷹的概念。認為牠就是尊重、榮譽的象徵，更是代表上天，省察人間與巡邏山岳的神的使者。

我很好奇以百步蛇為圖騰的魯凱族人，對鷹的更加推崇，甚至是無比敬畏的理由。當我努力在思想這理由時，路徑已快到所要去的村子。我收斂整個人被鷹所撼震的情緒，兩隻鷹已在視野失去。

青青子衿，悠悠我心。

這兩隻鷹。或因生態環境的破壞與生活資源嚴重汙染和缺乏，曾有鷹在魚塭獵魚被網罟捕獲；鷹族在愈來愈稀少的數量中，卻一絲也沒有消失天空的霸氣。牠倆剛才正在天空宣告，且一直宣告：山林的隸屬。

牠倆在高空是以風的路徑、鷹的路徑，當然也有蛇行的路徑，水流的路徑，飛行迴繞。老鷹心裏該是一團紅紅的煤，旺燒著。用最自然優雅的冷肅動作，點燃了對大蒼涼、大壯闊的擁有。

我書寫過塞上牧人對鷹的吟唱：「牠看到天涯的那根綫啊！看到了心情和距離。」

三・族村

山野之靜，近似永恆。教堂豎在村落邊側，有若山野人間共同的薈萃所在。地圖上標示的地名，就是我的牧師兄弟唐威稱為天家的地方。人們都在自己的家的所在，不知覺的堅守著什麼。我們車輛到達萬山時，唐威牧師早已在歐布諾伙（Opouono）巨大標誌下等著了。

我和文化局的同仁及幾個朋友下車。一份風景，是熟悉的，又有些差異。村落彷似一個繁複的時鐘擱在極高的綠書柜頂上，形成特殊不常見的風貌。這風貌下方濁口溪湍流、拖帶出天高地闊的荒涼與清冽。村落是美好積木疊高在坡隅，村子底邊是梯田；山支撐起這塊高地。

在唐威牧師指點的高處，我立在山凹陡度樹下，看到全村另兩處長

你望著廣闊無邊的大海，平靜無波的洋面上滾動著星星閃閃的金芒，反覆迴湧的濤聲彷彿訴說著什麼 。

老會，真理會的教堂。而屬他牧養的那間教堂，十字架有若一枚圖釘，在土地上按緊這塊村落圖片的左下側。我此刻已牢牢抓住了這張圖畫。

唐威牧師首先為我們介紹認識、特殊的馬樂弟兄。他帶一種老鷹肌肉的力量逼近過來，有力的握手，以一双粗糙的手。

這是個魯凱族群部落的村子。

我們車停妥，走過由斜坡開拓出的一處草根蔓生的運動會操場。唐威帶我們到達一處遮棚的活動場地及看台的空間，旁側是村辦公室的社區發展協會。拜會了戴總幹事和他的女性工作秘書，直覺受到初始印象景貌的影響，我竟覺得男人有山和石頭的鈍重，女子是活潑美麗的河溪。

唐威牧師單獨向我解釋戴總幹事是一本村里生活行事曆。「我們彼此相互幫助、配搭，使教會活動和社區脈動配搭得更好！」。

「我在這裡，身份不僅是牧師，也要將自己定位為社區關懷與服務工作的參予者。」唐威牧師形容自己。

牧師安靜述說了他來到後的工作。

「十三年了。當神差派我來萬山循理會牧養，妻子就陪同我一起事奉。那時候她就明白看見：青年團契成長是她所當承擔起的輔導職分，而且是從兒童的主日學就參予陪伴。」牧師言談自然得就似我們同時俯瞰的、村落下方芋田所栽長的山芋種芽。「自那時候起，她眼中所看到的只有青少年和孩童。她學他們所喜愛的原語詩歌，研究他們的學業功課和喜歡的查經方式。她也認真考慮孩子在山裏、以及爾後去到城市的需要和將面臨的問題。讓自己成為拉瑪夏人。她甚至為了加強聖經知識，報名讀神學院的道碩班和心理課程，去大學選修青年輔導所需的各種課程。只為了使自己能承擔青年團契。」

山風將樹木枝椏挪動，有婦女在另一邊坡下的山蘇田內整理。向我

Regi

傾訴的臉孔有著溫柔的，非屬陽光的虔誠感情。「這也同是我的負擔和成長。現在她自屏東教育大學通過論文《平衡取向的閱讀教學》，從教育擴展閱讀和如何閱讀上，生活信仰與未來的認知上，社會性的課輔上，三方面來幫助青少年長大。她學習以母親的心、教師的心、姊姊的心、配搭教會帶領，為孩子們想得更多些。而我，就當為教會信仰生活和社區多元建設，想得更多。」

這位萬山村魯凱區年輕牧師唐威，安詳沉潛的說：「原就在山林區生活成長的生命，有它的特質和率性。就像澗泉注入河溪導向前去，最初的流向是沒有固定的。」他指著下方的濁口溪流，河床寬坦，水道分散又匯集，匯集了再被土石阻堵，而迂變分流。距得遠，只見一條涓涓長流平躺的灘沙礫石。「如果在他們初時接觸就能給予信仰的價值觀，這與祖靈之祭毫不衝突，而不是給予狹窄的宗教概念，這條河就會保持主流，變得潤大。如果，他們價值觀的核心分歧了，就祇亂抓或者乾涸；當手中沒有金錢，就會覺得一切都完蛋了。這份信仰的智慧和培育不容疏忽。」

一九七三年次，被會友稱呼歌樂樂這魯凱名字的唐威牧師，背倚著

位在河階盆地突緣和全村襯景的欄杆，朝我熾熱的看望：「汪哥。從來到這山村，我就立志為神為族人奉獻自己。成立一個沒有墻垣的教會，陪同族群瞭解自己，培養閱讀、思考、學習的競爭力，建立信仰根基；從自己的土地走出去而不致迷失。」

鷹的影子就會這樣飛在大地上和心靈高處，展翅上騰。

四．經營

唐威的心，就如他面對永恆的山林及災後變故的規復進度，藉由教會據點進行著宗教式的部落營造。這營造立足於知識與前瞻的視野。他的夢想異象就是從自己能做的起步，經由跟每一家的接觸熟悉，不再區隔教會的信仰帳幕，而參予了帶動社區文化知識的生活，使信仰生活化，成為從一的單數，開始累積十、百、千、萬……的陪同者及關懷者。就如山林各樣樹木各類生命的相互關連，一切都能從關係及需求（什麼對他們是最好的，或比較好的），建立起互動向前的主軸。

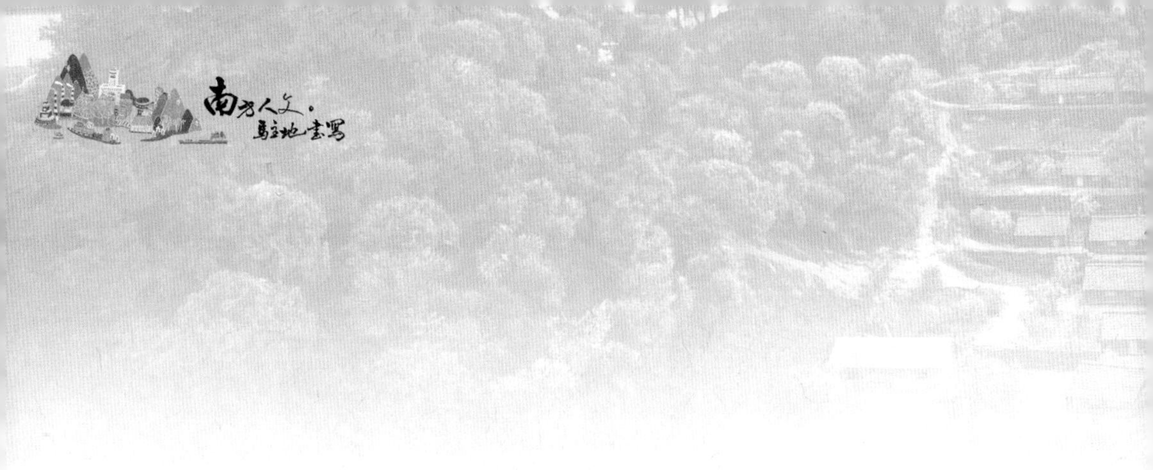

對教會內部的會友，他不迴避的請耆老分享傳統知識。針對普遍的隔代教養、弱勢家庭，以擴大教會關懷和團契小組接觸來重建家庭倫理，加強孩子教育。對外，他以整個教會可用資源，配合社區發展協會的部落文化資產，結合村裡的長老教會、真理教會，強調「非競爭」的信仰分享，共同舉辦青少年暑期、冬季的營會、閱讀比賽、外地培訓、教學觀摩；要把年輕的視野和心靈都作擴大，由接觸社會主流價值的思維邏輯，進而認知本位價值，札根於信仰，把什麼是對我最好的考量、形成信仰的依賴與自我要求。

他談及結合基督教循理會在高雄、屏東的各城市教會，進行了另一個整合。經由先期計劃、協調得到各教會支持，就可將營會觀摩活動的青少年帶入鄰近城市教會提供的接待居所，營會活動集中在主體教會或學校，藉由邀約的基督徒教授、老師擔任教育志工，對營會年輕人進行學習、介述、詢答、見證、意見提供。由懂得都會區發展、認識社會頻脈、觸見環境落差，因之使得見識大開。更由於接觸的都是具信仰的師長們、朋友們，因此價值觀與青年人的性向上，都會奠定正確看法。

——這是我所能做到的。山林存在於心靈，目光所看就是他們所必

須真實體悉的社會。曉得諸般事務不再只有理念上的平衡取向，而有所供需價值的偏斜時，什麼是自己的優勢，何者又是弱勢。否則年輕人自幼在山林故鄉成長、形成的的封閉或隔代顧養的無知縱容，絕對影响一個人爾後的社會適應力、觀念心態與社會條件。

——山林是永恆的，但年輕人所處山外世界卻是一個不斷改變的競爭社會。山區部落經營建立的、已不僅是祇顧及探索與體驗原文化、原習俗、原意義的保存。他們要活在過去、活在今天、更要有尊嚴的活在明日。

「你應該儘力邀請金小妹在屏東教育大學完成特考的姊姊，安排時間回來作生涯規劃見證；或陸軍服役的大哥及外地已工作長久的弟兄姊妹，回到教會據點，作短期事工培訓，階段式協助社區教育和識見上的教導。」我被唐威所敘述的心志，引發了意見。

「就先從已經被感動的你，作開始吧。」少壯牧師溫文爾雅的回應，「汪哥，多來教會站主日講台和週六輔導，這都是你可以做的。」

——他是在教訓我別想了點子推給別人做。自己就該有即說即行的參予。

「歌樂樂，這路徑很長啊。起碼要再一個十三年。」我喚他原住民姓氏，「你使我記起一首詩歌，」我唸了出來：「有一種愛像那夏蟲永長鳴，春蠶吐絲吐不盡；有一個聲音催促我要勇敢前行，聖靈引導我的心……」

在一同低聲哼唱詩歌的同時，我們似乎看到他和陳美好師母，在青年團契裏帶詩歌模樣。經營的用心和投入，常被他倆忙忘了的一歲兒子、五歲女兒。他倆會是金沛珺小姊妹所說的：小孩變石頭，母語故事的現代版嗎？

鷹是天空美好情緒內一個存生的、冷靜的、慍怒。

村落之歌

一．山林的影子

青春捧了一束水薑花走來。
整座山，在她側面睫毛上
背脊上，我們看到了美好的鹿群。

人在山村中，或一群人在山林中，心之感受是不一樣的。長時間我會在村落內邊走邊凝視年長族人所牽的稚孩，目光自坡的斜度看往陳展的山勢、樹木。類同人一樣貯有影子的遠處山廓，峻線起伏、所形成向陽與背陽的晴陰區劃……山的影子，腳下的影子，竟也似以一份我所扛不動的重量，沉甸在山脊所形諸的暗陰裏。我清晰的明白「造化鐘神奇，陰陽隔昏曉」寫出那不能加以認識和掌控的隱喻。幾個孩子走過來，手拿不知從那裡採來的水薑花，花就像從小小的幾坨影子裏長出來。祖靈在他們看我的眼瞳的夜裏，在鬱濃的黑髮裏，在日光明亮處的歌聲裏，在族人每個走動的影子裏。

人在山林中，一群人在山林中，心裏靜下來，就會聽到山所培出的每一處明暗、都有東西同每個影子連接，再連到人的身體。那些野花、管芒、山鼠、野蜂，飛翔的或潛在水裏的，都同我和週邊生活有著深刻互繫所不盡瞭解的關係。有時候，狩獵時或獨處在一個崖頂，或蹲踞挖掘一株山芋，人就不知不覺恢復了若干與禽獸、雲朵、風聲、山芋共存的乾淨與優雅。當族人們在城市與人面對，就會自眼眉、輪廓、手腳身體及影子，體覺到特別的娟秀壯實與凝鑄感。就因為我的、我們的完全融入山林溪澗，受到相關的感染，使我懂得：成長環境、互動位置、決定了一個人的本質。

我在熟悉得閉目都能行走自若的山林，和居住村落來往，常常响往於山的另一些還陌生未觸的部份。有什麼呼喚在等著，要我把自己影子帶過去跟他們連接。

就如同我凝視的這幾個小孩從斜坡走上來，中間有我昨晚認識的金沛珺的學妹。

青春，捧了一束水薑花走來
她的影子，啊她的心
是這麼依戀的浸潤著一切。

美感是我們對自己的生活要求；美麗則是，自己另一次復活。山居數日給予我一份復活的認知，灰塵抖落的雨中之樹，恢復了完全與周邊互通的覺察力。夢或黎明，換了時間地點、換了心境情緒，就會有另外的答案。

馬樂，坐在燈下如是說：我是都市的樹，每天只能計量影子、藉著風雨落葉來發發個人情緒……而現在我是獵人，獵回來的是「知識和觀念」，帶到部落分享，一如昔日獵人把山裏獵物帶回分享。

你明白嗎，部落裏的任何一份所得都是平均分享的。我們還是小孩，就會跟隨著獵人在山林裏窺探、最愛設陷阱捕飛鼠（啊，飛鼠的腸子是最最美味的）……獵區要爬好幾座山，我們小孩子是不允許跟去的，能去的都是獵人、勇士。

山居數日給予我一份復活的認知，恢復了完全與周邊互通的覺察力。

然後我們逐漸長成獵人時，遷村演變了生活模式，我們沒有了狩獵，變得要去工作：田耕、林班、响導、山林解說員、軍人、警察、遠洋跑船者、加工區上班人或在建築的鷹架上忙碌……但是我們始終就保有獵人的意志，相同年齡的夥伴們彼此邀約去工作，都形成部落分出去的各個小團體，群體伴同的一起去那些新的世界。而在漢族閩南族社會文明裏，我們失去了我們驕傲的分享能力，變得自私起來。

馬樂在自己的筆記本裏寫下：

「我總覺得自己影子槓負著山林村落。每天累了睡沉在自己影子裏。醒來，打開燈，影子都裝了很多的話、保持和我同一個姿勢。在城市因為謀求不同工作機會、把夥伴們拆開了。我還有影子相伴，把映現影子的地方當成了山。」

「我記起小時候看著獵人出獵、有些害怕，不敢注視他們，祗敢注視地上的影子，渴望把影子儘快拉得跟勇士們一樣長。」

「漢人的社會主流是強調競爭。這很配合我的獵人血源。我就是在和我的獵物競爭。——但是你們的社會競爭是很不公平的，除了絕對的優勢與現實，更帶了一種靈魂的貪婪、詭詐和欺凌，你們卻不自覺。我們在競爭後是分享，拿出來共享；你們則不是這樣。對這樣一個競爭環境，我覺得污辱了我的獵人榮譽。」

「我好渴望回族群部落過什麼都在一起做，一起分享的傳統。人若不參予分享，藏起什麼，是不榮譽的。連影子走在路上，都會被全村嘲笑。」

「我現在仍然沾染了對山林和部落之外的無知和幼稚。但我會很快學習。要帶了我獵到的知識和經驗，回到部落來分享。」

二・孩子們

山村有孩子唱歌，在一層層山坡建築內。

燈光之外的幽暗裏，山林這時的深夜存在了什麼？我立在這冬夜路燈不滅的山林路徑，處一個陡斜的坡，坡側用石頭砌嵌在牆似的斜面，有雕刻出的人頭紋、圓心紋、腳印、百步蛇、百合花的大石片，旁在夜之燈路特別朦矓生動，幾乎可聽出它們個別的聲音。村居陡坡層次如同蛇盤，聽到蟲鳴，但豎起耳朵，好似一切又都寂靜入睡。村子入睡了，聲音全被黑暗抹掉，吞吃，被溫暖被褥蓋住、捂暖。

但是，蟲鳴怎可能真正消失……山底溪河的响聲在這坡上聽不到。黑暗凝成塊狀。初次來到陌生地方的恐懼像蛇一條條出現。這是否也會存在於狩獵者的心裏？

我站這熟悉的地方，竟不敢走進村外山林更深更暗處，產生把自己被遺棄的感受、被抹去的驚悸。——我想著孩子手持的野水薑，該從山野採集到水瓶裏了吧？這樣的構思自擬、給予我這都市水薑花頗複雜的茫然感，安舒感、吸啜水液後的屬於感，全部塞在胸口了。夜裏看來似乎都新髹漆的屋宇樓層，各佔空間位置，而我已被插在這兒了，我緊緊粘站這巨大螺殼凸凹起伏的坡面，從我站立所在，彎彎曲曲的路循村的脊坡一徑走下去，就延往到坡下溪河。

夜在這山區，歌聲曾斷憩，現在竟又透來孩子的嬉鬧的笑，充滿活力。我搓著手，涉想山精夜鬼，沒人傍伴我不敢獨個在山村外探索在群峰環俯內夜深的山林，衹能瞰視溪河的夜呈現發光的寧寂……。

我抬頭四顧，夜空下山的距離範圍是完全估量不出，承裝在一個黑絨色的袋子裏。我同山擠在一處，全身心浸在攏合的、實質的、夜的蕊心處。我回到舍所。

孩子們晨間七點半要隨校車上學。

山村廣播器喇叭響起，族語說了一些話，再續播住民歌曲，接學童的三輛黃色環束一條紅漆的小廂型車，已停在萬山巷43號門前馬路。

孩子們穿著各自上學的便利服裝，乾乾淨淨，相互招呼或牽了弟妹，來到各所搭乘的車位。小臉容真稚的笑靨，又自然，又明亮。到學校是件快樂事。三位司機叔叔在車位上檢查他們坐妥了沒，其中一位帶著同樣的笑容、斥責過動的手腳說：小黑羊安靜坐好！

我就站在路旁，車輛駛過司機向我點頭招呼，甚至有孩子向我這陌生者揮動小手。車子沿坡向上行駛，我跟在後頭走，想再撿一點孩子們在車上晨雀的聲音。一個直覺：山村的孩子們被教導得比城市同齡學童更有喜樂和規矩。

沿長老教會教堂後方彎道走上去，那片青苔石坡，縫隙水口裂綻的雜草和小朵白花，就把教堂舉在它們的顏色上。花草下的道路放有幾個塑膠箱，內裏添土植養的菜蔬，極為翠嫩。而坡墻滿佈了野蕨和藤蔓。環顧周遭，山村所有院落都是敞開的，似乎這兒共屬一個不上鎖的家園。昨夜我回借宿處，是門一推就開了，晨間早早的同曉色醒來，再一開門，門原就是開著的。我於是走出院落，來到晚間女孩告訴我每天早上學校的車子的地點，來接續夜裏的鋼琴、歌聲、和嬉笑……。當孩子們校車離開，村裏續有一次短短的音樂廣播通告，就恢復了晨間寧靜。

山村寧靜得讓幾隻鳥通過，並且遠遠近近有我前所忽略的雞啼。

我記得借宿的女主人，所談她的工作。

「在茂林國小廚房工作的志工，每天早上五點鐘前就必須到達學校預備早餐……接著就忙碌午餐和下午點心（牛奶、麵包），直到下午四點鐘，整理妥廚房才回家。」

想著這些，我捏捏拳，作出加油動作。我落實的領悟：始終保持一個部落的群聚努力，而且共同分享，這是族群活出來共有的傳統。

回到住所，愈加明亮的光線裏我再度打開筆記本寫下：

人是在熟知的領域，認知了自己能力和奉獻。更重要的是在共同生活的時間內具有的關係性，竟是這麼自然而然緊繫彼此，高貴的本質絕非出於知識，而出自樸素和性情。我開始體悉到一種毫無雕痕的關懷效應的存在。似乎是在距離文明愈遠的地方愈見真實，因之才保持著連自己都不知道的「存在意義」，呈現著那份貧窮中仍持有快樂和單純的純厚。

三．認識人們

人生的認識有兩種：

屬於外物得歸於影響。屬於內心的歸於天性。

我讀過張承志先生所寫「筆和鞍的影子」灰濮濮的筆記，紀錄了一個叫葉文福的人。——「他從喀什到烏魯木齊的長途車上和滿滿一車維吾爾人同路。維吾爾人唱了一路，照例唱得瘋瘋癲癲。而葉沒有語言，也不熟悉他們。他枯坐了一路，那時喀什的路要走六天。車到烏魯木齊，滿車的維吾爾心滿意足地下車了，沒有人理睬他。等到葉跟蹌下了車，他抱住一棵樹，號啕大哭起來。」

「這是詩人的記號。」張承志結論。

葉文福不懂哈薩克語言和歌唱，因之六天來始終孤獨的感受而無法認識和投入。但他被這群生命在長程裏的坦率樂天，甚而不顧擁擠骯髒枯悶車程與車廂，連連唱了六天歌和舞的對比，使他的孤獨更為擴張了

做著筆記的作家。

他的感動。六天來從驚愕不解到深深體認，生命為他作出了大領悟：那已渾然天成的生活本質透過天性和音樂，將惡劣環境、遭遇變為熱情和讚歌，葉文福禁不住為之讚嘆、激動——我是這麼解釋他大哭原因。

生活得自然、就是天籟。「我們各自吟唱，時間就在身邊流過……覺察到難以說的和諧」，張承志先生這麼寫。

我亦曾在沈從文的「湘西」一書內讀到一個人：

「跟他向家裏走去（他的家在一個山上）。如此一來，結果你會接觸到一點很新很新的東西，一種混合古典熱誠與近代理性在一個特殊環境特殊生活裏培養成的心靈。你自然會「同情」他，可是最好倒是「讚美」他。他需要的不是同情，因為他成天在同情他人，為他人設想幫忙盡義務，來不及接受他人的同情。他需要人「讚美」。因為他那種古典作人的態度，值得讚美。同時他的性情充滿了一種天真的愛好，他需要讚美。」

——這真是對葉文福所接觸的維吾爾人；以及我所生活的高雄山林

村落內的族人，最準確的素描。

回到自己的筆記思維。

濁口溪、荖濃悉溪、楠梓仙溪都已彎過太多的山。在每處山的凸角凹灣迂迴，都屬非人力的天創。我要寫這些同屬天創的原生本質，所未失落的樸實喜樂。歲月使人老去，但未使這僻遠山林村落的人失去、啟蒙即活在血肉行為裏的自然真誠；彼此和諧分享，歸於內裏天性。

狗在遠處吠叫了

我多麼多麼的喜歡這裡的這些人。

山林的影子。

莫拉克

一．我家是頂頭屋

高迴在山村的兜形之地上的縣道省道，都和平地城市臍帶連繫，也是唯一的幹線、道路。平時疏導頂嵌塌瀉的雨之淤水，會利用大自然形塑出的一些垂直縱溝，籌建了由上而下的褶溝式瀉水渠道。

部落村址旁側就存在這天然生成、經人工疏砌的水道，活用原具的坡斜形勢，將過量雨水洩洪往谷坡窪地及河溪。但是，二〇〇九年八月八日狂風暴雨竟是攜帶了巨量又逾量的洪水不斷從天空傾倒、襲擊南台灣。高雄山區在密集持恆的降雨量日夜浸蝕下，土石樹根無法承重下坍墜陷，山崩地裂，住民部落被一夕沖毀，部份村莊更被砂石無聲覆蓋，甲仙的小林村幾乎滅村。

居住在萬山村坡屋最頂頭居間的金瑞原弟兄，家屋旁就是一條天然的洩洪道，大雨烈風初來，他仍同往常一樣觀察著雨勢和水道形成的湍流。當風雨持續不停且愈來愈凜烈，整個住處和院子棚架都開始顫抖溶化，他才嚇住了。

「庭院已被吃了一半，一家四人就跪在客廳裏禱告」，他又回到那時刻，臉孔出現極無奈的惶恐，「妻子抱緊兩個女兒在哭，我像個母雞覆抱她們三個，大聲禱告，求神托住這個家，要收回去就連我們都一起收回去吧……。」

「聽到院子棚房傾下，巨大的响聲，夜裏我衝出去，不知道發生什麼，只不斷大聲喊主啊。」他恐慌的形容：

「那狀況就像洗衣機漩渦脫水的震動，水不斷傾瀉，旁邊洩洪溝受山崩而滾動石頭、大木和黑色的水白色的水。山在眼裏失踪了，感覺到什麼都在預備結束了……。我心裏狂喊主啊，我是第一幢頂頭屋哩，水在掏空土地，屋內外一切都將被帶走。」

「我一直狂喊主啊主啊……好像口裏沒有聲音，只是大大的哭聲。」

金瑞原斷續在噩夢內訴說。「我只曉得禱告，主啊，祢若要把村莊毀滅，請就只把我的家毀了，但請把我的妻子女兒留下吧！……我哭得意識不清，但是非常冷靜。什麼都可以喪失，也能再建，只要人能存活著！」

「你不會明白的。」他現刻站在晨光的院子內，旁我指向坍毀又修整的院子旁更形巨大的洩洪道。殘木亂石雜草莽莽的深寬的大溝谷。「我也不會明白，當晚發生了什麼。部落的年輕人摸黑到我家來要帶我們走，全村道路都在濺湧泥水，可怕的聲音響自很大的黑暗內，撕裂出愈來愈大、愈來愈多的瀑布。」

「絕不離開家，個子小小的妻子哭著堅持。大三和小六的女兒一直哭著。上帝啊、憐憫人的主，我禱告著：保留我們的村子、保留我們的村子。」

第二天微亮，雨還是大的，八月九日九到十點鐘，他回憶的指著頂坡，「雨小下來，有一輛挖土機在已坍裂的道路一端出現，進行掘開堵塞溢流的崩石坍土……泥沙石頭已將我僅剩的院子淤堵成灘岸了，」他說：「我那時好喜樂。我們村子還在，我的家還在。」他形容：時間本

八八風災後甲仙區的搶救工程。

來是死過去的、這刻醒來。受傷的村子也動了起來。

雨小了，雨停止了；驚駭的心回到原來位置。村子全坍淤了，背後整座山造成村子的殘存。濁口溪仍是濁黃巨流的快速道路……。

八八風災後的楠梓仙溪水流湍急。

然後，八百多位阿兵哥進入茂林、萬山、多納部落全區。其中兩百多位負責萬山村的整理，大部份都到多納村；茂林是受損最小的。他們先清除髒污、接水、接電、修理毀壞；以直升機載人走，留駐在自己整妥出的空敞公共處所，打地鋪了近兩個月。當茂林和多納之間交通一恢復，才留下一個排來，配合部落的年輕人，直到村人恢復正常生活。

然後是教會的心靈撫慰和激勵……牧師陪我們經歷了全程，探訪了全村，還到多納、茂林。

金瑞原弟兄停下來，在三年後此刻，另一次的晨光內，另一回的九到十點鐘。我們就站在洩洪道被撐開成為潤大水渠，卵石包覆網袋或鋼簍疊壓修妥，但雜草蔓生。我倆俯倚在石階欄墩（石欄圮上放了幾盆花，盆土上覆壓著小石頭，我撿了一粒帶回來），金瑞原深深凝視這已成過往的「災難使生命覆滅，災難也使生命體認」的蛻變。

「汪弟兄啊，我一個坐在此刻庭院，會有發呆的時候。會因為那一夜一天的圖片和映象，都塞在頭腦裏，而掉下眼淚。」

這黝黑雄壯的部落頭目，低聲的說。

他形容災後，教會牧師的逐家激勵，不管信不信仰基督耶穌，禱告耶穌及與耶穌同在的祖靈。我們受天地所傷，仍要為天地的給予留存，而滿心感恩。「不要讓昨天壓住自己。要活好今天」，山

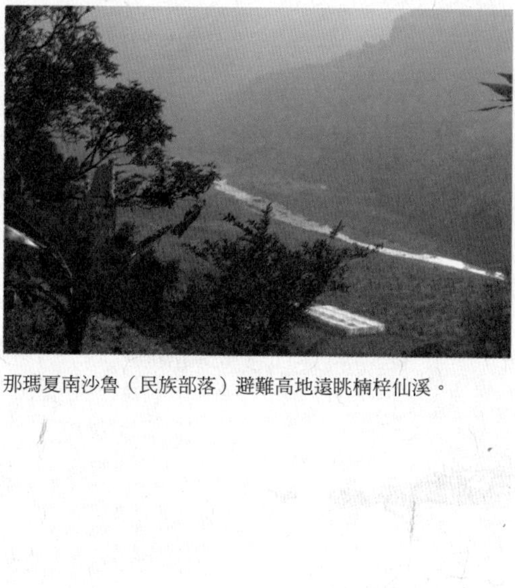

那瑪夏南沙魯（民族部落）避難高地遠眺楠梓仙溪。

林的生物都是這種態度和本能。這是本能、完全無關乎知識。

許久以後，我讀到約伯記。金瑞原說：我幾乎已是個當時和家人都會不存在的死人；當讀到「賞賜的是耶和華，收取的也是耶和華，耶和華的名是應當稱頌的」，我又掩面哭泣，心情複雜得是我說不出的。充滿了悲傷，也充滿著平安。

——金瑞原重又以特殊的感情，環顧他的家和院子。

二・那瑪夏・小林

那瑪夏部落，平埔族西拉雅族漢族外地人……都站在小林村覆村的眺望處，對罹難亡靈緘默。山林的顏色被削去，禿脊露骨在天地失色、雨瀉風漲的濕漬內，僅留著殘贕的樹與藤蔓，無言又無言。我也站立在這覆鄉崩坍的遺痕處。

那瑪夏部落居民站在小林村覆村的眺望處，對罹難亡靈緘默。

同樣的災變，小林村阿禮教會杜明發牧師同他村子的族人先被安置在屏東一處昔年對大陸心戰電台的園址，統一作災後照顧處理。爾後他們又移往榮民之家的新居，並且首先商議用舊的大倉庫恢復為臨時教堂，開始聚會。所有受災族人緘默的、溫柔的、謙卑的表露了山林之心所浸潤出的態度。

「我們已經失去。我們對所有給予的接納及關懷之愛都心存感激。我們有所憤慨，憤慨的是天地不仁，而不是你們反應太慢，行動遲緩；我們必然悲傷，但也不是怨天尤人。只因你們中間有人，沒有受災難的人，運用我們的悲傷，成為別具含意的批判和訴求。我們沒有批判，因為我們原住民的心，本來就沒有批判，而只有分享。」

「這個世界發生了什麼，我們不知道；但我們身邊發生的是最清楚的。但是這並不減少了原住民山林生命原有的樂觀。不屈服、自我選擇、活下去、是族群共處的堅持。你們愛我們，同胞愛我們，我們都知道，因為原住民是臺灣最有感覺的山林的子民，是臺灣的原住民。但是，你們的愛能否接納我們對自己家園的選擇權？我們殘臢文化的保存權？我的土地生活的決定權？我們同化於社會人文的取捨權？我們對同胞的你們充滿感謝，但是不要在我們怠謝的頸項套上施捨的無形繩索；不要在我們僅存的驕傲上踐踏驕傲。」

「讓我悲傷吧，我會自癒的。山上那一個傷獸不是自舔傷口、嚼食草藥。讓我們在缺乏裏、更明白走向；在你們關懷的同胞愛裏，我們不被看成只是山裏來城市謀生的寄食者……或許事實即使是這樣。」

我聆聽許多這樣的話語。

那瑪夏達卡努瓦（民生部落）。

我此時又再站在坍潰變形山岳的遠方凝視。一次次回憶小林村人借住在心戰電台園址的生活和禮拜。一位魯凱區飛行員駕直昇機飛回山鄉攝了一卷記錄片，放映時，不知道誰，或者是個婦人，先用族人的語言唱起詩歌。大家都跟隨……我和聖光神學院組成隨行的禱告團，人人紅了眼睛。

雨中的老濃溪。

我很驚訝的發現，我們對小林村和其他部落家庭作受災狀況統計，募集了教會慰問金分配。但是所有人根本不按受災狀況分配額領取，他們由頭目或牧師保留、整體分享。

我又回到那風向轉變就傳來豬糞的舊營舍。那位竟因「喜歡」而哭泣的部落女孩子。回憶起她的眼睛，竟是我的女兒的黑亮眼睛。——我體認到：他們永遠有水鹿、熊、山豬和老鷹的心。他們是那瑪夏和任何部落族群的台灣原住民。眾山仍然圍繞新生活的那瑪夏。眾山仍然圍繞耶路撒冷。

萬物絪然，水流潺潺。達卡努娃溪河的小米仍然在高山上會有餘種，耆老以KANA KANA語言歌謠，進行了屬卡那卡那富的河祭。

三・就地再踩腳印

深夜似乎失去哭泣，河的母親啊

但晨鳥歡呼喜樂，山林先祖啊

「巡視我們回來的腳印……夢在一旁隨同計量步幅」，這是我為文化局就莫拉克風災復建三年所寫的詩。我心裏流過了楠梓仙溪、濁口溪、荖濃溪的全域和山林，河把山帶進了我身體，因著更大的接觸、更多的體認，將我同化在各個族人寬大的心胸之中。

深入荖濃溪流域的桃源區勤和部落，選擇回去時地原鄉，就地重建家園的族人，在溪河谷地上方的一處平台、自己找地，由紅十字會資助，就地取材，結構簡單的蓋建了四棟公用避難屋，設立「就地重建發展協會」以及備災中心。人回到了原址異貌的小小居所，巡視回來的腳印，我確信他們的夢一定在一旁隨同計量步幅。我誠摯的祝福：這是抉擇的、獨立的、一小步，卻是心靈的、自由的、一大步。重新選定默默地再過著原來生活，生活在原來土地。務農為本的勤和部落的居民，已在進行「小農復耕」的分工模式……「再建將一如最初先祖部落的形成」，是受祝福和確信的結論共識。

我蹲在勤和部落居民自己種的蔬菜畦地。啊，不知為什麼，我做了

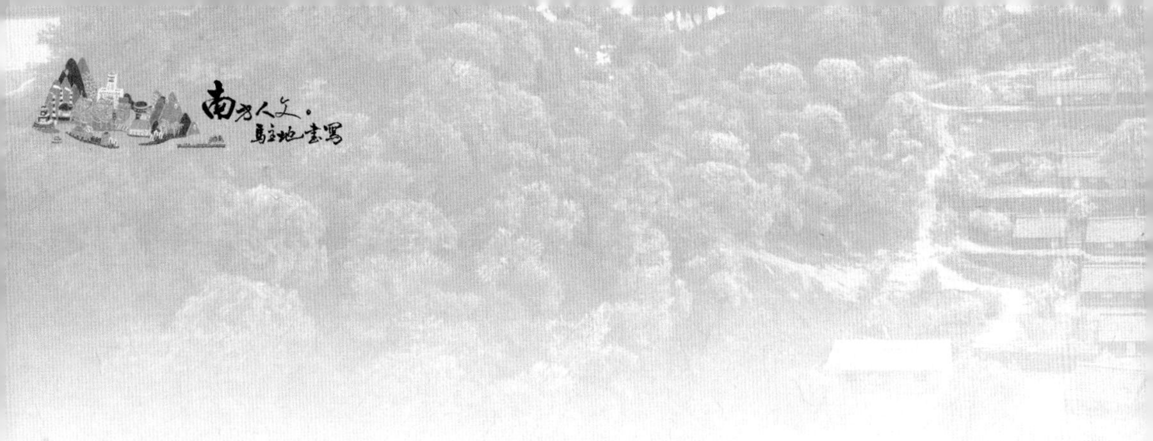

無聊又愚蠢的行為，將手指觸深進那蔬菜鬆濕的土內，這是災變後的土壤呀，帶了土地的餘痛吧……我將它們捻了一些，送入口中。嚐著這些已栽出新鮮高山白菜的泥土，它同任何泥土一樣，祇是因高山而更濕冷些，沾了點白菜根的淺淺甜味。我蹲著，很想坐下來（坐在這塊原來的，又是族人新選的山谷平台地，陪在這小小菜畦），充沛著菜仔的奉獻之心和白菜葉向上禱告的虔誠之情。

我唸出：「在指望中要喜樂，在患難中要忍耐，禱告要恆切」，羅馬書十二章十二節。

我把這些繼續寫入我的詩：

在土石流之地。
災變後，我向神說：夢想又開始了。
我的妻、子、狗、生命更對我充滿信賴。
我向自己說：有許多陌生的人愛我，幫助了我。
現在。請看我的力量。
我的骨頭。

太多東西仍藏在山的大波浪裏頭。不潛入，就只能看到表層。

八八風災後甲仙運送救援物資的流籠。

荖濃溪仍然流過災後河灘。

勤和部落避難屋。

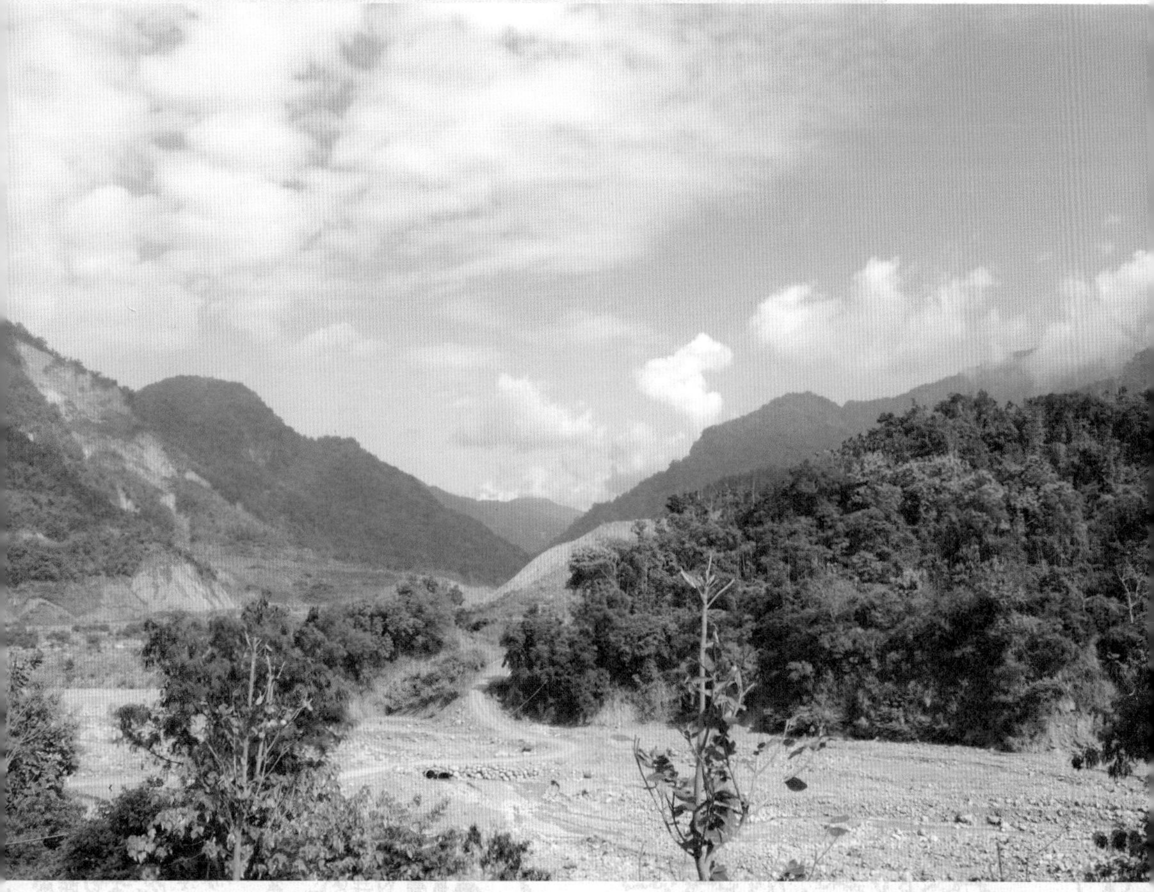

莫拉克災後小林村。

靈魂

一・雕刻者

有一幅巨大的岩雕壁畫，是往桃源高台一處山林部落所發現，似乎是在進行米呼米桑祭典。好在照相機留下了它們，十四個男人雙手彼此環肩搭背，綁紮紅白色三角巾、穿黑底色長袖背心，串染著頸領到臀脊與頭巾同色的直條帶，腰間圍住寬紅白色束襯，裸露出山間奔馳狩獵粗壯的腿肚與腳掌，仰天反覆唱著我猜想的獵歌、出戰歌、祭獻獵物的歌。臉龐充沛了勇毅和驕傲的表情。

時間斑剝了他們，苔蔓也部份飾蓋了他們。但是掩不住石頭和環舞的豪邁氣概；那山豬、熊的氣勢。

更因為風雨浸蝕，原來油彩滲落了，更增強勇士們同岩石嵌合的龐厚、渾實、無畏的精神。

這當是現代藝術的文化祭作品吧！

我更看過一個石柱，砌在家院門口作為柱子，頂部和柱身雕鑿出一尾昂首的百步蛇，石柱下方插深在石頭鑿出凹槽，外彫有小米、水渦圖紋的石籃子內。百步蛇身軀粗短，給了我綁纏有力的莽勁、和繩結效應的象徵動感。誇張的裂顎吐舌的蛇首，族人藝術家完成了一個突鉤鼻尖的長喙，蛇頭上卻是一双人類的眼睛。這給了石柱一份人的表情。

我在那院子門口徘徊良久，因為那對眼睛，百步蛇始終兇不起來，活不起來。總覺得殘酷與畏懼都沒有了，只剩粗糙的狂野造型。任何猛毒野獸，給予了人類表情，它原來的性格就被消滅。

但我知道，那院落是一位頭目之家。祖徽標誌著該有部落的歸屬和威權，應該使得我這平地人產生驚駭敬畏。但我偏偏總是凝視一雙人的眼睛，覺得很卡通。

這也該是另類雕刻。刻雕者受漢人平地文化燻染過了頭。

但在多納村一處石板屋的前院地板，我另看到一幅用岩片拼塗成的平面彫畫。以兩條百步蛇合盤了軀體作襯底，自一個平體盤面下端露出兩個三角突形的蛇頭。盤面上是一張族人的臉，眼鼻和厚唇額頭都黥有菱形落刺；以蛇和臉為中心，分生出七個章魚與海星混塑坺印的腳爪觸手。整個構圖又都圈圍在一環粗大無頭的蛇軀內。

非常原始、奧秘，輻射出強烈的暗示性。

這才真是有血有肉，焚燒無窮想像的部落性格象徵。

但是這些都比不上馬樂向我們介紹的萬山岩雕。年月不可考，作者不可考，在中央山脈深處的萬頭蘭山極高處，馬樂所說在他祖裔遷徙的原住地位置周邊山嶺上，他把遷徙前山脈模型內，標出了四個山頭的位置點。但我所要寫的不是按他轉述來自古老口傳的故事解述，而是認識馬樂這個人，他的藝術本質和獵人意志的心靈本質，作出該有的刻雕的對談。

「那不是一個，是四個。」

多納溫泉入口裝飾圖騰。

馬樂感嘆的崇拜的說：「四個地點都處絕嶺，祖先竟是這樣的標示獵區嗎？或者，也是一群藝術癖好的昔日獵人，在狩獵守候或歌吟的同時，使用有限工具的即興作為嗎？」

「為什麼把這即興作品，反覆的，改變的，出現在不同山巒的四個地方？」

他感嘆不休時，我開始提問了：

「馬樂，如果你是那個群體——我相信不會是一個人的創作工程。你會在什麼衝動下彫刻這些？」

他閉眼。「我早就思考過了。神話、感動、在狩獵中相互說故事，或著想念……演變為想象。若非是狩獵，該不會離開部落到那麼遠的四個位置去的。傳說和記憶裏最強烈的部份，就會在長久路途的旅程中說了又說，而充滿了想象。作這四處岩彫當然可能不只是一群人，可能先是一群人在最先處所完成了一。一群曾伴同的伙伴與另一些年輕繼起的獵者，繼續模仿了第二、三和四。誰知道這些發生是不可能呢？」

「這四個點的岩雕圖案很雷同，但不知道時間先後。這本來就沒什麼關係。藝術，加上想象力，在古久古久年歲，萬山的祖裔就有了創作。」——馬樂以那張放大照片，拍攝他們一群這一代攀山的偽獵者，站立在雕岩上的留痕。萬山岩雕圖形有人頭旁的思想、水源、足痕、做夢的一團迴紋；有重疊漣漪水渦往外湧泛的祝福與手富；另外是明顯記實：到達、佔領、據有、肯認……複雜意義的岩雕圖樣。」

那人頭是雕繪者心目中神的頭顱，或戰鬥砍首的戰力象徵嗎？

這只我心頭的過度聯想罷了。

二・屬於萬山

萬山久遠部落耆老一直知曉岩雕的存在。

但他們靜默。只在彼此資格、年歲間相告，部落傳遞，闡述那四個獵區位置、掩藏的大石塊的守護與宣示。久遠的，這些石頭上人為的花紋與想象，成為傳說內引申無盡之隱匿。增添了神秘，經由神秘蔓生出神創性的神話。

直到一九七八年遷村離開舊部落所在地後，對舊舍沉鬱而日趨巨大的渴念，同樣在回憶的想象力渲染下，口述給外出就學的孩子。攜帶這份族裔的原創性驕傲，隨同流進了國家觸角的訊息文化機構。

近卅年時間，經由考古研究，學界與文建會相繼投入。萬山岩雕成為住民部落蘊含的文化標誌，台灣唯一史前的磨崖藝術品。形諸部落圖騰異像，不同於陶壺、百步蛇、獵刀；萬山岩雕純粹是一個不具使用價值的思想藝苑所在。原住民美學靈魂展現的台灣遺跡。

國家將萬山岩彫與高雄鳳鼻頭遺址同列，成為列管保護的古蹟。

「它對你個人意義是什麼呢？你一逕熱情的為我們介紹萬山岩彫，作美學歷史和祖先考據，必有它對你的影响吧？」我問。

「使我愛上石頭。啟發我在石頭上面製造花紋、形狀的樂趣。」馬樂簡單回應：「我會找出石頭不同個性、所適合展現的鑿彫塑型。」

「現在的我，在禁獵守山的大環境內，萬山岩彫已是我的過去，絕不是我的未來。WA馬拉……」他停了一下，喚出下午才所給予我的族人母語名字，最新取的。聽來是瑪拉，上帝所賜食物的名稱。「我現在去彫同一類似的萬山石彫，已是等不及另一次遺址湮失的時間了。」

「但我一直在呼喚感動萬山岩雕的祖靈，同樣燃點我靈魂內的百步蛇，那舌燄般的熱情，毒牙般的彫刀。萬山部落屬魯凱族系的萬斗籠社，原稱歐布諾伙(oponoho)，居住險峻山崖，是國民政府才強制更名為萬山部落，從舊部落經過五、六年時間折騰才遷徙到目前現址。」他帶領我們進入部落集會棚場旁的展示屋。「說萬山岩彫，當然不能忽略我

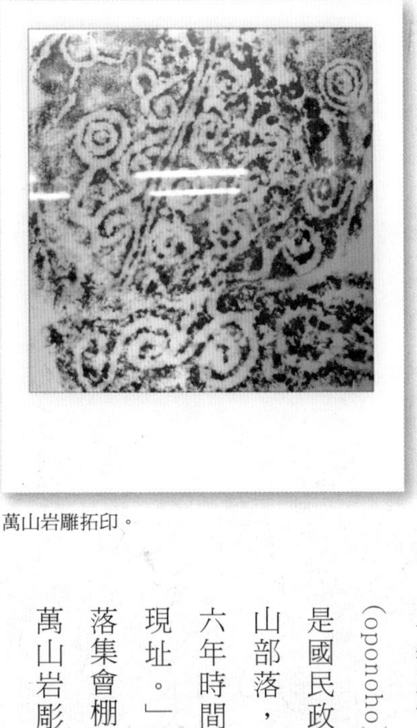
萬山岩雕拓印。

多納有百步蛇圖騰的門柱。

們舊部落的住地、山巒、萬頭蘭山。」

馬樂立在萬頭蘭山麓所砌建的，舊部落石板屋原址模型台前，長篇介紹。

馬樂立在萬頭蘭山麓所砌建的，舊部落石板屋原址模型台前敘述。

對馬樂背誦似的歷史介紹，我們一行人尊重的聽著。面對他全心投入策劃、集合部落居民合力完成的萬山石板屋舊部落聚團模型，給予更多肯定。

「完成這些，只因為一個心志，抓住部落記憶的尾巴，追尋祖靈智慧的源頭」，馬樂很認真。我知道他一逕向我們熱心從萬山岩彫、部落模型、石板屋、山岳敘說的一貫真誠。因為這些，他才回來村裏，進行石頭相關的一切。

我拿著他的名片——萬斗籠之子，馬樂（黃亦青）。

他帶我們從濁口溪河邊，來到村落下角的居處。

這石頭彫刻者已在一塊原屬於他的坡田上改搭出一間兩層鐵皮屋，空出的土地上堆放極多黑膽石和板岩，兩條狗守住這工作室。輕鬆的，他向大家介紹石頭、作品、盆景創作。「要人更多認識我的石頭藝術，也是萬山人的石頭藝術。由於對自己有自信、期許，我回到原鄉，進行人文心思石彫、石器美工、園藝造景。土地上沒有豎起牌子標誌，名片上就稱作石破天驚工作室。石頭就是一切。名片上肯定我的血裔。」

三‧他的石頭材庫

在石破天驚盤延良久，再又下到濁口溪堤岸河床、迴顧沖失的祖輩墳瑩、礫石、小紀念園、露天溫泉工程。晚餐時刻我同馬樂已非常熟悉，我就冒昧的取出名片好奇的直問：

「馬樂，在你身份上，馬樂和黃亦青，那個的比重大些呢？」

很快很晴朗的回應，「我驕傲並榮耀於母親的二分之一。所以回到這二分之一的祖地，作為萬斗籠之子。」

我有一刻很長的沉默。

「但我感恩也感謝父親的二分之一。他是榮民老師，給予我一個讀各類書藉的童年。我個性能夠如此決志，就是靠著這樣的成份跟學習、再藉由生活養成的。」

工作室裏的砌石刀。

他很坦率自然的挾食山蘇，咀嚼紅燒肉塊。

「我的漢名；花落葉亦黃，逢雨遍地青。——黃亦青。」

我唸一遍、抄下他的句子。「生命共相，命運共連。你把自己名字闡解得真好。」

「漢人的一部份，形成我族人更強烈的另一部份。Wa馬拉，村裏運動場那兒另有一間實體古式石板屋，記儎我工作過程和思想的就是石板屋啊。外表平淡無奇，但是在文化歷史上是我們早年生活擁有的無價貢獻。我寫下：萬片板岩層層砌，山林石屋代代傳。漢字文意準不準確並不重要，主要是表述石頭肯被使用的心。」

「Wa馬拉，」他已完全把我當朋友了。放下筷子傾談：「在原住民心裏沒有時間這兩個字，完全看太陽。所以生活上可以用兩個字來形容，就叫『慢活』。不要把時間壓迫逼住你的生活。這是何等愜意的莊子逍遙遊。原住民更有一顆石板一樣被任何人使用的公平心。由已消失的石板屋去接觸還找得到。我以想在萬山砌築一間完全的石板屋的概念，爭取到『發展委員會』村幹部的同意，向行政院原住民委員會要經費申請，列出報表。Wa馬拉，漢兄弟。」他喝著湯，更拉近了我們距離。「未來，不作估測，只要我竭盡所能的去做。我想努力留下自己的棉薄之力，好豐富一點點能對兒子或孫子講述的故事。」

多平淡，又久遠。此刻的存在。

我多麼的膚淺，無聊的在想：這些想法和行動，是那萬斗籠社的馬樂的部份，還是出於榮民教員父親的那部份？一次莫拉克洪水的性情，就把族群的墳塋都清除了的新歷史……。

他話停不了。

「我多次又多次找出幾位僅存的耆老口中的舊地。再涉山越林回到原居地，在僅有的遺址上去測繪、拍攝、收撿。我找到了框架、石骨、堆砌、比例對稱。當我和同伴工作、以祖家位址、屋型，現一代的祖源名字，他們爾今全家照片，都作出蒐整。完成而且開放縮小比例舊部落村舍的模型那天，舊部落耆老，二十、十幾歲年輕人、兒童……各家各家的人都來看這消失了的地址。再回不去的地方。祖先跟自己的關係就活了。有年紀有思想的族人，一時都涕淚縱橫……我和所工作的族人伙

馬樂收集的石頭素材。

伴，同樣涕淚縱橫。」

「Wa馬拉啊，一些在裏面很深沉的東西，四十四歲的馬樂體察到了。回到部落，要為自己和部落完成什麼。四十四歲的馬樂是快樂了。」

「太多東西是必須存在著，才能建立真實的概念。傳統，傳什麼，統什麼？是要被教導，要被指出來、留出來、看出來。不然就是矇朧……接著就完全被忘記。」他指指頭、指指胸。「我從平地、城市回來了部落。安靜、知足、開始接近石頭，石頭也有心。我要找出萬山村裏石頭們的心。」

在石破天驚文創工作室土地，地籍戶上的茂林區萬山里五鄰四十二號，簡單的基礎建構所在。他的聲音就出現在石頭中。

石破天驚工作室旁的石頭堆。

「石頭，是非常古老，傳統的建材。以板岩一片片砌作房屋樣式，創作最原始的，就是感動和需求這兩個字。感動具含了歷史厚度和文化厚度，包括了用心和投入，加上手工的點滴細心。對每個被使用的石頭不斷接觸，明白對它的使用和瞭解。」

「我存留著原住民的感動，舊部落的歸屬。對那非我的歲月裏的舊有一切，竟在部落內、外流消逝，帶回的是功利主義所污染的風尚文明。我明白自己和一伙朋友要在這文化近程的量變也質變浪頭中、找到舊有歸屬，導向到自己精神之鄉。」

太陽明朗，他的狗就跳躍在石堆間。這每團每片大大小小石頭們的無意識的存在，將經過他的手、他的腦、他的粗糙和細緻，變成什麼呢？

「七歲以後我就到外面，六年前回來。是經過三年想法上的蘊釀，一夜之間的衝激省悟，電話裏老人家長時母語關懷，愈加帶動了對舊有的不捨，對根源新生出認知。想要保留一些還能保留的，創作一些所該創新的，好留給爾後。」

這是石頭對原地的回溯。

他拿出「石風漢俗」稱謂的泡茶台，向我解說如何用沉穩大器的黑色板岩琢磨出形似階台的陽墊與砌樓宇的陰墊，崁合成外方內圓，隱含著為人方正處事圓融的人生哲學與太極文化。真想不到這簡約精緻的小杯墊，竟出自一双粗糙磨厚的指掌，山豬和熊身軀的男人的腦筋。

馬樂，黃亦青；石破天驚文字創作坊主人。正白手起業，一切由自己切割搬砸，再現石頭內容的彫型人。他的材料庫是堆疊在野溪和山林，收集了石頭，石頭一樣的男人，石頭亦在等待他來撿造。

他帶我停在溪梯田上方遷村前小學及操場的位置。想象一下，這一個山林小學，時間是一九五四

汪作家與馬樂於石頭堆礫上。

年，然後一九七〇年遷厝。「許多東西美好的存在著。許多東西，可以化劣勢為優勢。看你怎樣去發現，怎樣去使用。教育和經驗，誰也離不開誰，看你怎樣用它。」

——老鷹出現在天空，飛在溪河上方。

他指著說，「那是頭目的象徵，世襲制。頭目文化，是精神領袖。」

「我不是頭目，只是個有石頭心的匠人。」他自語。「嗯，對。匠人將成為原住民石頭工藝的達人。」

我爬上他所搬疊的石堆。在凸凹不一的塊片上、仰天躺下。對我的骨頭而言，身背的疼痛忍一下就可以不顧了。

馬樂和石材堆，熱暖暖的被日炙著。

馬樂與部落青年依不同年代所做的石板屋模型。

馬樂的石破天驚工作室一角。

紫斑蝶・谷地

一・蝶道

進入茂林風景區，入口有美麗地標：三隻碩大的鋼製紫斑蝶栩栩如生攀附欲飛，底下以蛇和蝴蝶的活潑造型，襯刻著族裏的母語「Da Ma Svon Vongo」(蝴蝶的家)。

地球有若干的蝶道，脆弱翼片的蝴蝶飛逾千里，蔚為神的奇蹟。誰為它帶路，誰給予路途上的預備，什麼使它們群聚一處，什麼地段預備了這群體部落的休息……人類始終在探尋答案。我觸動這樣的思考時，感受到同樣浮動飛舞，在美麗隊伍內覓取位置，分離又聚攏，沉溺雌雄；神在留心聽蝶的言語，顧念蝶群的心思。而體悟雁行、候鳥群、蝶陣這些生命現象、而忘卻了牠們的脆弱，尤其虫部的蝶們，忘我群飛翱翔，美得叫人感動；而憩下來無聲停棲合翼的薄瘦、又惹人無比心憐。當牠們留駐進行生命的互悉互問，和向花朵探詢，那種觀賞的觸目和自然的喜悅，令信仰的人映現為詩篇內的讚嘆：「論到世上的聖民，他們又美又善，是我最喜悅的。」

蝴蝶、旅雁、候鳥，是世上的聖民啊！

如果將來世界更換，我渴望是由旅雁、候鳥、蝴蝶、蜜蜂來做為開始。

茂林屬中低海拔熱帶林區，諸多原始林地的溪澗在山間迂迴，或激流或緩徐但都是清澈涼沁；濁口溪更曲迂急轉與壁崖撞擊出曲流和環流的灘圻、濕岸和滑走坡。在山區森林邊緣和溪河兩岸又丰茂於咸豐草、紫花霍香薊、山橘、銳葉山柑以及最為旅蝶喜愛為蜜源的菊科草本植物田代氏澤蘭。每在紫斑蝶季牠們自國外

紫斑蝶。

飛臨，被吸引在這適宜的生態環境進行求偶、生育、孵化後，幼蟲嚼咀大自然的預備，繭蛹在蛻化前甚至被稱為美麗光澤的黃金蛹。

其實不僅是紫斑蝶，據林務局調查報告，茂林、桃源山區河谷植物及灘岸濕地的配搭，特別擁有眾多蝴蝶：淡紫粉蝶、斑粉蝶、琉璃小灰蝶、黑星小灰蝶、白黃蝶、粉蝶……多數蝴蝶都有自己專屬食譜與料理，極少數是雜食；但雜食也是有限性的幾種跨科別的植物。

原住的子民們成長在這季節山林、溪谷景況，蝴蝶成為生活中頻繁接觸。沒有人會因蝴蝶而去傷害牠，色彩和美同是共生在人的喜悅中。部落族人習慣這份飛舞的美麗禮物，眩目於牠們的存在及群舞，不解但視為當然的等候紫斑蝶陣列的來臨、離去。牠們如同山雉、藍鵲、五色鳥般自然出現，又隱匿了。

直到日本殖民時期把蝴蝶的經濟價值與低廉採購、帶出了大量捕獲為標本販售。

吳明益先生曾以「蝶道」這學術名詞，告訴我們蝴蝶遠移的途徑。

紫斑蝶

「蝶道在生物學上，指的是蝴蝶循著氣味或氣流飛行經過的路徑。蝶會釋放費洛蒙，形構一條氣味之路。那路徑可能並不穩定，也可以稱為一種『流動道路』。蝶在這條空中之路覓食、求偶、探看世界，煽動氣流；那是一條感官之路，視覺之路，聽覺、嗅覺、味覺之路，生死之路，避敵與交歡之路。」

他自喻：我是蝶，在這條流動之路上。他更深刻代言了蝴蝶的蝶翼與肉身兩部份：前者是一種與自然環境協調的默契，有時是為求與其它蝶之間辨識，有時為求與其它蝴蝶混淆；我們眼裏所謂的「繽紛」，在蝶的語言裡應該譯為「求生」。

後者一如我們的肉

身，不只關乎美學也關乎愛情、鬥爭、生存與演化寓言。——吳明益深情承負的自責著——我貧弱的文字書寫如何才能重現蝶翼上所展示的光之隱喻呢？

面對茂林村入口的美麗地標「Da Ma Svon Vongo」，我的承負則是我貧弱的心，如何更大的體察山林和部落族人內裏靈魂與生存之道……。

二．那個男人那個女人

其實，我們可以選擇怎樣去生活。
上帝並沒有設限，人當怎樣生活。

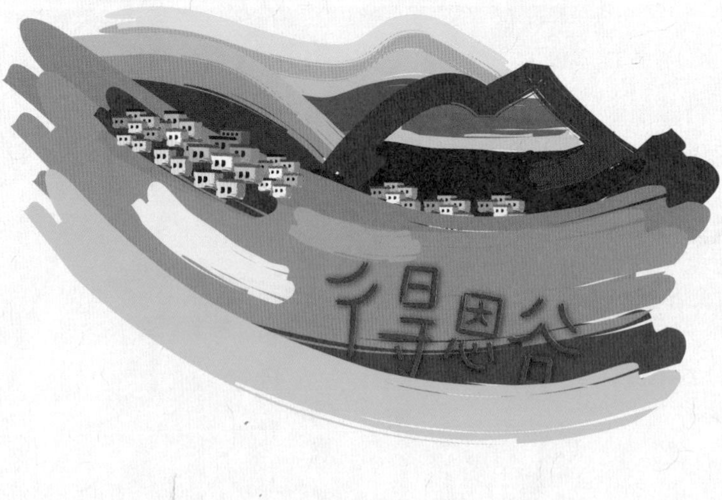

工作室也含括了店面擺設的烏巴克（Cubake 陳萬德）先生是一位個子不高，水鹿的男人，與我對坐。當黃昏轉為夜晚，燈光自他眼睛、臉上、手掌、身體及談話裏都滲出了光暗。

他很安靜徐緩的談自己。

從小我就喜歡美術、工藝。十幾年在社會並沒有專意從事這些，只是學著接觸和努力於所好，做一些基本技法研究與模仿，逐漸擴展到設計房屋、庭院。成為因著大眾化需求的工匠和售賣商……是一個不瞭解工藝是什麼，一個同妻子過日子，在社會探風向的人。

夢嗎？我最初夢的不是山林部落，甚至自我閹割的要爭社會一席之地。夢還是有夢的吶……，只是又薄又朦朧，即不具發展方向、也欠缺整體概念計劃。直到知道母親生病後我才開始思考未來。

（我目光掠過創藝工作坊內，桌上、櫥內、櫃格與面檯、牆壁；任何一處角落。他的設計檯就裝放在櫃檯平行的同一個寬空間內。我耳朵保持豎起，怕漏失掉他再度對自己生命解說的選擇理由；他的第一抉擇

已是他在城市社會的青澀期了。）

母親病了，我知悉得心頭痛起來，才驚覺到已經離開久久了。我很快決定回家園。但回來要顧及現實，要找一份工作、養家、顧孩子。我不管自己有無才華與開創性，我向神要求一份回鄉後的工作，不再離開家。而我能做什麼呢……。回來後的近二十年我都在探找發掘原住民文化傳統的持守性、時空性，想這些問題，不斷向神求、不斷禱告、不斷感恩。經由不斷的想和做，而逐漸出現了風格、自己的藝術民俗的風格。

（他給我注滿杯茶。他的原鄉文化與信仰是否也是這樣的被沸水泡漲、茶展葉開？因回來的決定，上帝往這販售商兼工藝學習者身體、注入了活水泉源？）

當初我就向神求一份工作。神問我：十幾年來，我裝備你的是什麼？我給予你一千兩銀子你把它埋藏了嗎？那分家的浪子回家最初的心願是什麼？

妻子莎瓦（Savi 謝秋美）支持我繼續從事己逐漸形成專業的個人創

多納社區石板屋前的樺斑蝶。

意工作坊的決定。但是我所求的是我倆要做另一份工作，顧家、顧孩子之外更要能顧教會——我從小和母親家人的教會。

我的工作素材是丰富多元的。傳統工藝、部落圖騰、住民特色，就在週邊存在。我忙於陶壺、木塑、皮彫、金工、構圖、設計，再現出具像與內涵來。我繪刻的不是原貌，而是這些風物、材質、所告訴我的精神本源；表現百步蛇、百合花的互屬；陶甕、太陽、族群人像所具有的山林、流水的力量；風雨和獵人的自尊與信心。

（風雨也有自尊和信心？我瞠目屏息，噤然坐正。）

牆壁上掛著我們兩人的山豬、牙飾，精緻的貓頭鷹、布紮、琉璃珠飾……我更在焊煅上特具心得，蝴蝶之家就是鋼製的三隻紫斑蝶作為代表。各有生息、各有思想、各有作為，則是我創作時候的想法。……啊，想象是豐富的，戶外紫斑蝶飛動在田代氏蔓澤蘭花葉上……很美麗很美麗。

（他不能安靜，這位儒氣的藝術者。）

莎瓦是布農族，她製作琉璃珠、皮飾品、刺繡、珠串，精緻的在每一小小的琉璃珠上繪彫。具強烈的色澤感應的她，什麼都有新發現，什麼都會敏感的燃動她某部份的纖毛。她完全浸回了山林家園。

（一片墻和整處貼壁櫥都是珠飾，沒有一樣色澤相同，我覺得好多雄性山雉站在墻面和櫥臺。我向烏巴克說：可容我抄一下，這一方墻面的八幅文字及圖樣線條色彩。）

「祖先傳下來的圖紋」，烏巴克說：「莎瓦整理繪製的，我幫了一點忙。」

織工之珠──女子心細手巧，善於女紅之意（代表編織、技能、少女貞節。傳統上女孩從小就要在長輩薰陶下學習家事、各種技能，也要潔身自愛。老人在她適齡時將此珠串成手環和項鍊贈予。失了貞操的女孩不得配帶。）

孔雀之珠──堅貞不移的情意。（相傳孔雀想要娶頭目的女兒，自天空拋下此珠，紋飾如孔雀尾羽般精美。）

土地之珠——財富（螞蟻不停搬物品和珠子到某頭目住處，所沿經的途徑，後來全都屬於了頭目，所搬運珠子就是土地。）

手腳之珠——倍顯靈氣和智慧（有位頭目太太生了沒有手腳的孩子，母親不畏族人嘲笑、悉心照顧，過了一段時間，孩子身邊生出許多珠子，變成了手腳。孩子很聰明爾後成為族人敬仰的領袖。）

眼睛之珠——靈性的看守與護身（傳統有男珠女珠相互對視，一起守護。）

尊貴之珠——權力、典雅、高貴（琉璃珠中最貴重的。頭目結婚聘嫁所須有，顯示身分且意味繼承者的特別風範。）

勇士之珠——頭目贈予勇士表彰英勇功勳（百步蛇菱紋圖騰、英雄無懼，帶來希望與榮譽。）

太陽的眼淚——內心充滿懷念與不捨（原先太陽很低的就住在屋頂。人們拿五粒小米煮蒸，太陽隨熱氣離開地面時所掉的眼淚。）

我細聽烏巴克的圖織解說。感動和驚訝於所觸及樸摯真實，生活豐富內容，土地與彼此關係，深刻的部落意識、習俗觀念與母性之愛（我想及海角七號最後合唱與某某珠的解說）。強悍的守護與榮譽。這些人永遠不會以人的外殼隱藏內心。

（燈光永遠是那麼的不言不語。）

太陽也永遠的沉默不語。杉林的溪河在說話，但又永遠以我們聽不懂的聲音。

烏克巴繼續對我的各樣問詢，一一回答。說為了信仰。

三・信仰

工作室這塊土地是沿襲著種植的祖先之地。要作其他開發還不能獲准。母親更不同意把芒果樹砍掉，做我創作坊藝術空間。我先砍了一

半，營造出了成績，母親才看到我的意願和遠景。母親就在回天家蒙恩前，明白了，也享受到了，神和兒子為她的預備。

我回來就開始配合茂林教會工作。現在教堂更新，教會出材料、我出工，正在做長條椅、大型十字架、燈飾、裝飾。因為我向神「要份工作、返家、在教會幫助一切」。回來廿年了，原來神已經在我裏面先已注入了這些恩賜，等著我為祂所用。美工當時在台灣欠缺出路，我又沒有受學校教育，完全憑神的帶領。你想想，若沒有信仰的支持和內心裏母親的祝福……（啊，手腳之珠。他輕嘆）沒有莎瓦（謝秋美）的陪伴，我會是一個怎樣的人呢？

（他的話好像穿透過我的肌膚和心。）

先生，我是顆現成的珠子。上帝之珠。

我開設了此刻你所看到的。「烏巴克藝術空間」只是個名字，熟悉名字才記住人。這裡是百合部落，美好純潔的花。回來母親的土地，除了原民藝術，這塊地臨向濁口溪山台上，我築建了幾間民宿屋，建立生態走廊，你也看到了部落廣場中心的石彫和豎起婚禮的秋千……先生，您不要看現在（他改了稱呼，顯見將要說話的份量。我停下筆與他對視，等著他說。）

……您要看過程。走文化路徑的人是孤獨的，不僅是心理，更要瞭解在支持上、志業上、部落上的孤獨。開始的五年，一直有一餐沒一餐，全是憑著信心和信仰走下去的。

一位臺北每年都來留宿的客人，曾說過：「我在日本，總找一個峽谷的景緻，看整個山脈。在你這裡，我看到同樣景緻，有在國外的感覺，卻是臺灣本土的，在地的容貌之美。啊，我們真辜負了臺灣和山水、谷溪啊。」我心裏就得了安慰。

諸天述說神的榮耀，穹蒼傳揚他的手段；這日到那日發出言語，這夜到那夜傳出知識。——我心裏疊印著詩篇的讚美和人的領悟。我跟我的孩子們，要在這廣場空間建一個小教堂，作為靈修營地，戶外禮拜的地方，同族人一起分享。大家活在社會裡，要互相激勵，不被外界所擊敗！

（這不喝酒抽煙不接觸檳榔的民宿主人，把自己放置在燈光內；整個工作室的新夜，就剩我們兩個及壁飾與藝品，對談文化加上信仰的投入可能。）

——我是一個織工者。在一處臨溪對崖，平台草場的土地上，工作室有原始的歌和音樂，我在吐我自己的絲；我完全領受了恩典和付出；包括莫拉克颱風的一切。

（烏巴克，向你敬禮。我看著他也看著壁頂勇士之珠的圖騰。我以一個退伍軍人的心思，向他默默說了句山豬牙般堅硬的話。）

「烏巴克我向你敬禮。」

立在黑色民宿部落廣場平台地的向崖邊緣，我遙遙探索且思考濁口溪源頭流過的多納、萬山、茂林……輪廓朦朧的群山。

「啊，那是大家所知道的存在。而你獨不瞭解的東西，在向你發出微笑。」——我口袋裝著向烏巴克購買的五隻布縫的可愛小貓頭鷹，是莎瓦手製的。我是喜愛貓頭鷹的人，絕非因讀哈利波特而起——總覺得真實的確實有貓頭鷹隱藏山林及崖壁上，夜裏，以心靈在向我挨近。

紫斑蝶一代又一代出現牠們的長遠之途徑。

我認真的感慨。在這些山林部落間，有多麼手富的人文的織工。

烏巴克藝術空間前的大草坪與藝術品。

烏巴克藝術空間裏的蝴蝶意像。

狩獵人與石板屋

一．鷹隼和獵人

山林的鷹隼異於所有鳥獸，牠君臨了天空，家在絕壁高處。如果鷹隼做夢一定更是把巢築在星星之間；如果把人的身體喻作萬物，鷹就是頭蓋骨。

我相信台灣所有山林族群們都有一個共同圖騰：鷹隼。牠是傲然的、高貴的、力量的；因為牠配得這些名詞。同任何山裏的朋友相談，無不把鷹、祭於高位；連同所有百步蛇子民，亦然如此。族人頭冠上的鷹羽，必是大頭目所僅有。烏巴克的木彫、皮彫上就以兩尾双環扣的百步蛇盤在一根鷹羽之下。

鷹不會佔有山林，它以高度巡瞰善惡；族民相傳鷹的威儀，牠銳利眼目可洞悉事物懾服萬有，祂以公平正義勇敢的心，把大地發生的一切

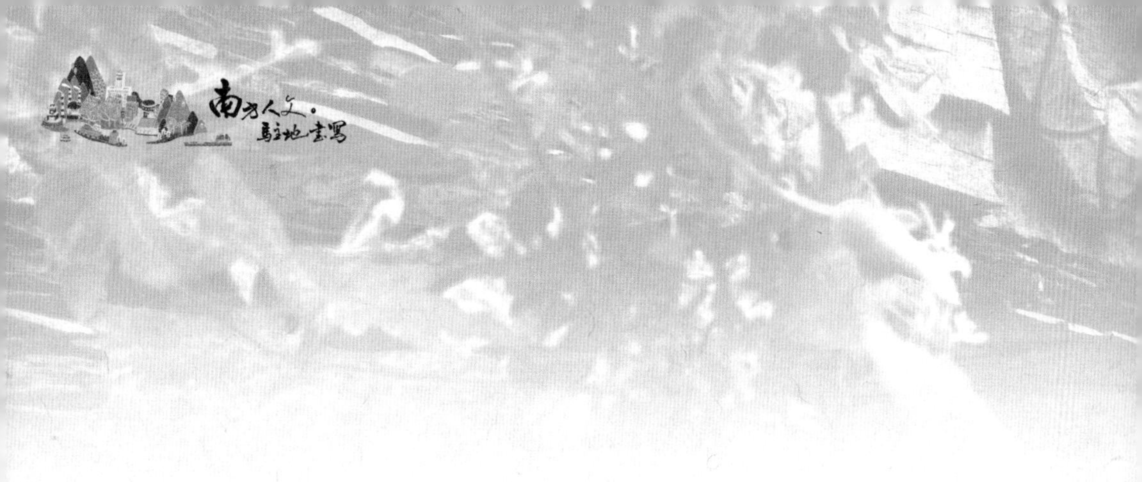

傳遞上天。貓頭鷹在夜裏是啄食惡靈的，牠是家庭和女子的保護者。

部落的人所具單純的心，狩獵從未想過馴一隻鷹作獵手的僕役。在高雄山林區，友人說每天都看見一隻或一對，在樹隙雲天翱翔，身心就會被剎那提昇。山區鷹隼常到谷溪、灘河狩獵，是一枝箭的姿態。

拉瑪夏的耆老獵人曾向我說過甚多對鷹的傳說，以及啟發。世界有太多我們不明白、看不清的事故，而鷹能知悉世界的過去未來。老鷹同牠的子嗣都知道世界的出生……以及何時死亡。所以牠們就始終保持在一個高度上。或者有人說：高度、是鷹隼給我們的示範，看事物不該僅及表面，當作全覽；而鷹唳，則一直是警告；若北辰之星，凜凜的鳴叫著。關於鷹、獵人每有這樣的言詮。

鷹，甚至明白自己的誕生和死亡。雌鷹在孵蛋時就用喙撥動蛋，在殼面書寫子女的命運，上天的意思不是鷹所肯於修改。即使鷹隼同樣有強烈的父母之愛，但牠們是忠實坦蕩的，勇敢的，不循私的為自己和子女完成預言。在獵人之間另又有個傳言：鷹充滿了對人們的愛，鷹唳，則是一直在重述使命，告訴所看到的大地山川河谷所應守的天地秩序。

牠更是獵者的夢和危險之預知人。

耆老說，獵人須先讓胸口住著一條鷹，讓靈魂住著整座山，才能成為好獵者。

狩獵者，首先要明白自己進入到何地。生存、不受傷且一擊畢命，使獵物少受痛苦和恐懼，是最根本的狩獵首要。其次是隨時警覺自己位置與週遭關係。族人們出發狩獵要淨沐，這不僅是洗滌身軀，是淨澄心思，亦把人脫開肉身皮囊，從禽鳥、蟲介、獸、蛇的心境，晉進入鷹的心境。

我所知悉的狩獵，很重要的是嗅覺，任何森林、禽獸都具有氣味（一隻小羊羌生下來是看不清楚的，牠以嗅覺先認識母親，體觸舌舔濕熱、感受關係……找索乳頭才是爾後的生理需求），風就帶來各種氣息；同時要備有的是聽覺裏對聲音的感銳反應和體膚的感應，因為皮膚對一切大自然漩動，都有魚的側線般對水內物體活動的水壓變化。腳掌所踩、風向訊息、聲响流盪都有生命反應。最後在攻擊時才發揮到視覺及武器。

汪作家於複刻石板屋前抄錄著前人的故事。

鄭愁予先生寫台灣五嶽，出現一位迷人的獵者：麻沁。

「該去磨亮他尺長的番刀了／該去挽盤他苧麻的繩索了
獵人自多霧的司馬達克歸來／採菇者已乘微雨打好了槽／少年和姑娘們一起搖著頭／哪兒有麻沁／那浪子麻沁
「全個部落都搖起頭顱／無人識得攀頂雪峯的獨徑／除非浪子麻沁
除非浪子麻沁／無人能了解神的性情／亦無人了解浪子麻沁他自己。」

這是鄭先生在一九六二年完成的。鄭先生以一貫的浪漫迷人寫出了獵人，而智利詩人聶魯達寫「酋長（大頭目）」則是完全彪悍凜烈。他眼中的獵人則是：

「他像一隻長矛般地訓練自己。他讓腳習慣於瀑布。他用荊棘教育他的頭。

「他在看不見的地方工作。他在雪堆的被褥下睡眠。他用直與箭的行徑囚敵。他邊走邊喝獸血。

「他懂得閃電的字母。他嗅出四播的灰燼。他用黑色的毛皮包裹他的心。他譯釋煙的螺紋。他用沉默的纖維造就自己。」

（陳黎、張芬齡譯）

山林展列著自己。

在樹幹和葉、莖間不斷看到無從探估的生物寧靜的出現、潛匿、舞蹈。你只要有一顆獵人心靈共化在森林內，就能在此中找出最簡單的韻律，有聲無聲的振動，簡單生活之道理。我亦曾在最偏深的達卡努娃部落請教耆老如何達到這般的觀察與共融，他們以特殊的語言和手勢回應（我怎麼體認都覺得像是被拒絕了）。直到透過半生不熟的轉譯，半生不熟的手勢、表情，才使我一知半解於：

——山林像一條百步蛇盤延在群岳間，以風的舌信、集中太陽的銳牙，嚙咬眾人眼球。外來人如果沒有完全融入認識，對他們就是危險的。不要問什麼。因為他們靈魂不懂。也還沒有那份容量。（應該是這麼個意思）

我猜對了，果然是拒絕。

我僅能懂動物園裏，圖畫照片裏的生命與介述。——那些形貌雖都活存在山林內，但已是一張張一個個解說的死標本。我可能永遠不具有

一個對山林戀愛的內裏；只能將自己的人性，添枝加葉的成為僅在春夏秋冬外緣所觸碰，都還沒碰到深處的觀景者。永遠無法進入獵人在山林內經歷的死亡和再生，知道我們不知道的一切。

鷹，則因為牠們是鷹。獵人亦然。

我唯一的安慰是、現在山林保護區都禁獵了。

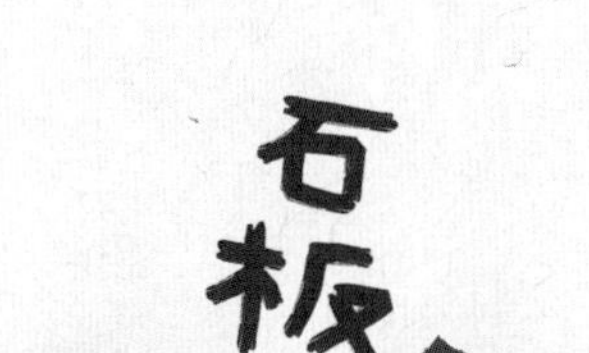

二・石板屋

石板屋由馬樂的談話，渲染出濛朧山林、大雨，避雨在岩壁內的獵人們所被啟蒙的想法。昔日的昔日的昔日以前……概念的形成。

昔日部落的家族分在各個山頭遊獵，其中一群在岩壁擋風避雨後，轉挪他處每遭受風雨就有經驗的開始尋找岩壁或採疊石頭，形成同樣的屏擋功能。隨同發現各個地區的岩頁特質，學習到選擇取捨。就在狩獵地點簡單的就地取材，搭蓋石片牆，爾後隨季節獵區的更迭再回到原址即舊使用。由這樣小格局、築砌法，石材使用，發展出棚屋石砌技術。當種植山芋、小米的方式出現，形成宜耕地，逐漸群居的合聚社會，居家外觀的石板屋雛形逐漸制式固定化。

人聚多了，自然就相互發生了社會關係與勇力護顧的社會制度。……狩獵共赴，耕地共力，認識到大家互助互建，石板屋蔚為風氣，多有好處。於是部落的大人出來召喚了更多人，演變為家族特殊關係的鄰近共建。爾後再由日本文化帶來了雨廊雨簷的延築。

石版屋的演譯過程是與生活條件、習性所互生的。它的特殊不僅呼吸通風、形成氣體微量對流，地震時石板愈震愈緊實。石板屋的效應，萬斗籠（萬山）及多納部落最具心得。因為佔有廣大傳統領域、獵產、物產富饒，是鄰近部落覬覦侵略的對象。為了保家延續命脈，部落壯丁需個個驍勇善戰（是農人也是獵人），也發揮智慧、發展了戰略及實用考量的「下潛式石板屋」。

汪作家於複刻石板屋前抄錄著前人的故事。

萬斗籠部落發展出的下潛式石板屋是背倚斜坡平面式的建築，三分之一砌掘自地面下，一則恆溫佳，冬暖夏涼；再則地下挖砌、門窗低俯，須俯首矮身入內。平日來客彎腰進入，表示尊敬屋主。受敵侵入即為近乎封閉式的堡壘，對方破門而入必須低頭躬身，利於防守者攻擊。

但，家終是美好的。
即使是石板屋，也充滿了屬於。充滿了愛情。

多納村仍存有石板屋，萬山、茂林已無人使用。馬樂在萬山運動場邊爭取到「魯凱族萬山語保存與發展推動小組」的配合，協同完成舊部落遺址模型後，再合力建了一間實體的下潛式石板屋。「萬山板岩層層砌、山林石板屋代代傳——今日建造此建築敬獻祖靈，亦對先祖智慧的尊崇及緬懷」，馬樂撰文的這間屋子，平日上了鎖。當天他沒帶鑰匙，就打開窗戶頭先腳後的鑽進去。

石板屋裏的廚房空間。

（如果是作戰，腦袋早被砍了。）

三・石板屋習俗

「這是獵人和最單純心靈的生活之居所。」馬樂說。

我們坐在他以高竿挪開的屋頂天窗（石板片），在光綫透映的主間，全間一邊是長榻、對墻砌一道矮石階。全屋地面鋪著大片石板。

由石板屋的家，很自然的談到婚姻。

「族人男女交友，是公開的，不許獨處。」馬樂解釋：「女方會將男友帶來拜訪，且各邀親友。女方坐在床上，男方就坐在矮石階。」

「對唱提親嗎？」冒昧已極的問話。

「電影看多了。」回答得果然不客氣。「是很深喜悅的對話，和更多祝福的笑容互視。」

馬樂比劃著石板屋格局。進門是側間廚房、物品房，主間是居室房。也有把物品放在屋外旁架的貯台屋。這是一般式石板屋，隨著財力也有隔作三間的大屋。石板屋要有兩三年的材料蒐集，是整個家族預備，蓋屋時才是村族部落一起做。

「我們的習俗是家庭有了第三代，祖父母就不同睡在長榻床了，他們會住往側間廚房。一方面暖和，顧爐火，再方面也是把好的留給後代子孫。」

屋內地板上的菜刀。

「豬是我們最重要的財產，養在最重要的時刻才用，結婚還不見得殺豬哩，但是石板屋落成一定會殺豬。」馬樂對我們直笑：「因為豬是極寶貴的，所以……」他指指屋子內，「豬和人甚至同住，就是看重它。我們最重要的財產要養在身邊。」

女孩們不自禁的皺皺鼻子，但掩飾得很好。

「注意，小姐們，那已是很久了。豬是乾淨的，山猪就一點都不臭。千萬別帶現在養豬場的印象觀念來這裡。」馬樂捉挾的，天真的瞰視了一下女孩們坐的長榻床，指著地板面。「古老時代，家人情感如何，我不知道。但是如果家居者自然死亡，家人是使用蹲踞姿勢之葬來保存亡者。他們挖開主間地面石板，把人放下去，再置入木碳，蓋上密封石板，成為家葬。」

女孩們站了起來，驚悸了。我聽得也極為訝異。

「為什麼這樣做？」「好怕人。」「衛生上……。」「空間上、心理上……。」

那一双魯凱萬斗籠之子的眼睛是帶笑的。

因為都是家人啊。他說。

石板屋的家葬是極自然的。他說。

亡者回到祖靈那兒。肉軀將以物體的存在留置在家人身邊。

家人不因死亡了就不是家人。這屋子永遠有他們的陪伴同在。

（我蹲踞在那。我守護家。活著如此，死亡也如此。）

狩獵人的魂是在萬物生息中。在我們存活的生息中。在家的石板屋中。馬樂說得理直氣盛。

（你們仍可以呼喚我，我沉默的回應你們。用一些風、一隻蟲、用永遠撫摸卻不被覺察的手掌。）

劉湛秋先生一九八六年寫有一首詩：門鎖著。屋裏沒有人……

「門鎖著。屋裏沒人／沒人的屋裏也有生活／一把椅子也有誕生和死亡／陽光把一切都欣賞和愛撫／便從窗戶溜走。此刻暗鎖旋動……。

「——靜默，就是溫柔的全部含義。」

我孤自坐在矮石階。人們都出了石板屋，我說請讓我短暫的再留一刻。天窗已經關上，我坐在灰漠內。

在這受拘限的，但卻是一代一代人所居住的家，比貝殼更堅硬，也有無比情愛被守護。人們常時以燻燒草料來防潮驅蚊驅蟲……。活著住在這裡，死也死在這裡，是多麼好、多麼被接納的歸宿。在外死亡的人是不得家葬的，怕把惡靈帶進來……不能把任何不好的東西帶進家來。（我靜靜反芻這份習俗與觀念）

在那個年代；沒有規定。律法是以禁忌來代表。

人類有勇敢的性情，我想到獵人。

人性也有最脆弱的部份，我想到了死亡。

但，家終是美好的。即使是石板屋，也充滿了屬於。充滿了愛情。

汪作家仔細觀察著廚房的配置。

我們坐在他以高竿挪開的屋頂天窗(石板片)，在光綫透映的主間，全間一邊是長榻、對牆砌一道矮石階。全屋地面鋪著大片石板。

好多的故事

故事就是人們的生命信息。

一・南豹・樂鄂說

柴，添置在火堆上。野豬藉由想象、成為串在火上的祭品。火燻烤著牠、彷彿仍追逐，熱燙的嚎叫奔竄在山林、窪地、山芋田……。闇夜的火，追逐那有力飛動的粗短足蹄；撞到誰，誰就被尖銳獠牙挑開。

我對著火堆常做這樣的夢。我仍想去打獵；放心，我尊重稀少的鷹、熊，我只想去挑戰繁殖力特強的山豬，把牠的肉、油脂都滴烤在火裏。我總夢著跟山豬角力，一次次牠的身軀歡呼般的躍撲上來，把我撞跌趴下去。讓我感動這般滿沛力量的活肉。

現在是把半山豬半家豬豢養的山豬肉，切條放在燙石頭板上煎。而我是渴望狩獵，用柴火和想象，烤那動靜敏銳出沒迷離的傢伙的滋味。嚼咬肉裏的野性，啃著夜的骨頭。

火，弱弱的，調味料一般，掌握著火候。火已經旺起了。風止風動都有無數黑色線牽拽，引動火焰。每一次烘烤翻轉，一次次透發出的熟肉香味，會把其他嗜肉的野性靈魂引來，牠們都舔顯在火舌頭裏。我們圍坐火堆的影子有肉的熱量，在人的身體和山林的靈魂裡燒熟，即使閉著唇，也能嚐到咬到一股股新鮮嚼勁。

肉在熟的過程，色澤的改變，形塊的收縮，正是生命完全離開的現象。身體倒下了，生命還在裏頭，依戀不捨。各樣生物要用各樣生物的方式處理，釋放牠的靈魂。火堆和放入的新柴爆出微微的山林潛匿來的响聲。手、臉烘在火的裸裎裏，髮、袖口、胸前、煖煖於同一種融化中。我們灑上一點鹽，抹塗一些醬，就完成了儀式。

「祝福彼此啊，我的朋友。」南豹・樂鄂向我們說。

山林巨大影子圍罩在串烤和電燈四週，猶若一份埋伏。愈遠的山林

漆黑的體積、空間是愈加濃厚……。

我們確實在烤山豬肉，確是在石板上煎熟剖成長條的肉，並將之切小片，配上沾醬或哇沙米。

「把燈關了，剩下火。」伙伴提醒，「把頭仰起來，看星星吧。」

「村子的燈太亮。」另一個回應。「看不清楚。」

「所以要仰起頭來吶！」茱來・阿靠說。

「心先靜下來。讓眼睛自己選擇是看天上的星或村子裡的燈。」

「眼睛瞧不遠，心靈要看遠些。」南豹・樂鄂說。

我們一邊吃，一邊烤，一邊聊天。

心真的靜下來了。才發現，烘烤吃食的熾熱中，我們都忽略了，遍野黑暗內的蟲聲和南豹・樂鄂所說野豬故事、遭我們無情切斷的無奈。

二．拉哈努．爾楞說

要分享就要有所瞭解。關於生活的瞭解、文化的瞭解、傳承的瞭解、習慣和環境的瞭解、土地的瞭解、交通的瞭解、學習的瞭解……。山區分隔，不容易產生對大城市工作機會和發展的瞭解。

總之關係的產生就是經由不斷接觸的真正瞭解。而不是認為，不是安排，不是尊重自決，不是給出幾樣方案來提供選擇。這就是不瞭解；該是不夠瞭解，而自認為已經很瞭解很溝通了。

（我問：爾楞，從分享說到這麼多的瞭解，你到底要說什麼故事呢？）

我說的是：吃蛇的女人。

家庭長男娶外族女人，是在遠方狩獵所認識的少女，娶回負責外出工作時全家烹煮、清掃、守家的工作。遠嫁的女子很能幹，但自入家主廚後，家人就食、卻日漸消瘦，私下都認為原因出自新婦。小兒子有一

次偷偷折回窺看大嫂如何烹煮食物。

女子正常的將地瓜、芋頭、南瓜預備，爾後吹口哨竟召喚來各類的蛇，她選了百步蛇繞置主食週圍、覆蓋芋葉埋土燜煮。家人回來前她已將蛇取出先吃掉了。家人吃的是女子完全未動的主食。

隔日媳婦烹食出外以竹筒汲水回來，家人已圍坐窯旁，個個以沉重的眼神看著她。父親坦言說妳吃蛇可以分窯烹煮，並有所責難。家人再以無奈的心情陸續離開，最後燜灶旁只留了她和丈夫。

久久，她挖起煮熟的百步蛇，對丈夫說：「你要不要跟我一起走？」丈夫沒有回應。她最後只留下一句話：「我會在倆人的老地方等你」就離開了夫家。

途中她邊吃裙兜內的百步蛇，邊吐出蛇骨，一根根蛇骨吐到地上又變回一條百步蛇。她守在深山高處的大岩石上等待丈夫，為自己的遭遇自憐傷心，就俯身觸碰變軟的巨石，以手指在最大的塊岩上畫人，畫月亮、太陽、水流、百步蛇花紋……。丈夫始終沒有來。她唯有帶著無比

Regi
森林睡著了
Z Z Z

落寞感傷，黯然向自己族群方向離去。

「這是另一個萬山岩彫的故事嘛。」

「你說這故事，是什麼含義哩？」我問。

「我說的這就是瞭解。」拉哈努・爾楞說，「做媳婦的人，不瞭解夫家，而將娘家的習慣帶過去。丈夫不瞭解妻子，傷害了美好的愛情。」爾楞提醒我們：「萬山岩彫之地是百步蛇的禁忌之地。也是男女分離之地。我們的族人很少前往。」爾楞的故事確實凸現了部落間文化差異，形諸各別生活習俗的暇想空間及思考餘地。

這些差異性卻如樹根和岩石在土地裏相互纏觸，經由交往瞭解，根石一體。我確然無法在城市區域找到類似族人們同屬的族裔的土壤，爭取並保存應所獲得的一切。但我們要有一些原即存在於這土地山林所有的，不出於漢族文化，不出於藝術流派，而是出於本源的萬山石雕。

我回應拉哈努・爾楞：在高雄城市，已有一些「我的山村」、「山上的月光」、「城市部落」的店面出現，形諸飲食，形諸販售；甚至一些大夜市和黃昏市場，都有販售切長條的山豬肉、石板煎烤攤位的出現。

「那不是我所談的瞭解。那是表象，和求存於生活。」爾楞的眼睛出現了憂傷。「瑪拉，你仍是不瞭解我說的故事。」

三・茱來・阿靠說

有一天，山裏的溪河告訴自己：

我要醒在另一個空間，另一個環境，或另一個夢的底層，另一個房間。當許多事被遮斷、截斷、折斷，我要把它們再連結起來。當希望變絕望，欲望變奢望，什麼都不存在，而只剩下變故的發生時；我要流進夢的底層，進入一個房間，滲向另一個空間，濺濕另個環境。告訴那些存活的人，變故一如洪流裏的墓園，被沖刷，被刨走……而一點也不影響已然存在過的真實，可開始的未來。

我是溪河，從山的高處清冽而下，涓涓匯流。從澄澈到世界和社會的汙濁……但我仍然流淌。不中止我的前進。而且只要我的生命夠強大，匯湧而聚的力量夠強大，源頭持續跟進的清新仍然具備，我就能保持存在，抵達大海。

你看，這就是我所存在並經過的流域。從楠梓仙溪上游，或從荖濃溪根源，以及從濁口溪母體……這都是各個族人的母親，我的新灘岸和堤堵。原有的失去，但是原有的記憶、傳承仍然存在。流續著同你們中的一個朋友所寫：眼睛看到現在。記憶是迴瞰過去。思考（禱告）是看未來。現在、過去、未來。我總明白我是母性的溪河，山是父親的軀體；風、暴雨、大量坍岩、流沙、裂石、混淆著在我裏頭，以不能觀察的加速度，擠塌原始、山林、谷地、坡層、村落、橋樑。但凡經過的什麼都不剩下，讓一切明白自己的脆弱，記憶自己的脆弱。如同爾楞所說的瞭解；在一切都不剩下的時候，仍然瞭解所最最不能失去的。在屢屢苦難哀慽的痛苦遭遇裏，我這條溪河，變得智慧的醒在另一空間，另一個夢，另一個房間。

「這就是我的族人們在城市生活的溪河之夢。」

桃源一帶的災後工程景色。道路如族人們在城市生活的溪河之夢。

茱來・阿靠以靦靦的，用遙遠的聲音說完故事。

「我要活得出自己『生命裏的平衡』。我擔心族人流向外面社會，就被現實榨乾涸。」南豹不大樂觀的接著說。

「為族人村人創造一些特質的多元走向，而不是沿襲僅能維持的拘限。教會應該像溪河般，可以帶動社區視野、部落能量、信仰酵素。而孩子，正是神的計劃和祝福，所預備的新的出發。」拉哈努・爾楞說。

「我只渴望，我這二分之一魯凱血統，在這成長的地方，讓族人知道從何而來。祖裔家園、位置、石板屋的鄰舍關係……就是一生的關係，人的立足點、溪河的源頭。」馬樂補充著。

四・撒茱・西娃說

我們村子坡田種植一層層區隔的香蕉、山蘇、小米、旱芋、南瓜、芒果……但是年輕人、壯年人都要外出，田就荒廢了。所以我說一個荒廢的事實。而事實內就是故事。你們要用荒廢這兩個字的原義去體會。

祖靈告訴耆老：一切生命都有一個共守的原則，就是受限制。任何物種都有其限制。這不同的拘限誕生了：熊、山鷹、山豬、雲豹、山羊、山羌……區別了各異的形軀、能量、環境的對應性，適應力和某些對抗。山林的限制則是一份對植物生命的限制，這限制則是固定它們，根植它們、聚攏它們，使一切彼此瞭解或逐漸被瞭解。——而我們和子孫們雖有聰明和勇力，但是要保持卑微和敬畏。因為神和太陽臨到我們面前，就當具備卑微和敬畏——我們要得這樣的遺傳、記憶。我們子孫的性情本質同大自然、山林、生命的關係，都當在限制裏，相互尊重。

包括獵一隻山羊。捕一隻飛鼠。

祖靈教導了耆老：要看見一切最真實的樣子，和你最真實的樣子。要有對生命的好奇和善良，如山鷹、大熊、野豬、水鹿的心。僅取所足的心。——善良就是不存有貪婪、不多取的共享之心。這就是我對你們的遺囑。

耆老領受了遺囑，經過黑熊、山豬、鹿的區域，經過虫、蟻、蜂、鳥的巢穴，體認了一切和諧之美、限制之美、具足之美。不盡僅是美，更是瞭解彼此的屬於。不論誰屬於誰，不論在對方的吞噬、殺戮、飽足、饑餓，都要確切保持彼此各樣族類的存在與共生，擷取再生之鏈。一個族類消失，就帶來其他族類陸續的消逝。

我們也發現可以開始同一切來對話。這些對話即使不懂、不知，但是能夠溝通，都能懂守拘限、分寸、也都因為萬物都具有限制（約制）而變得良善。人類更特別能模仿所有聲音，觀察萬物的習性，所以我們和萬物相對，有些能進入內心、有些卻不能；但彼此相視都在說明：我夠了、我需要、我必須……而反應在我們的狩獵、農耕、部落生活。這些都是美好的、良善的。

撒桒·西娃的話變得非常長、非常長。

現在我突然驚悸已無法跟祖先學習這份能力了。我已無法學習所留下的囑咐和留在父親的父親，母親的母親生活裏同萬物共存的認識了。大自然並未收回給予，但社會化和遠離山林，使我們認識萬物的能量已經消失。所有族群已消失祖靈那冥冥中早已為我們留存的生命之心。

那份夾在時間裏的呼喚。生命隔著不同軀殼所共具的心跳。每樣存在都烙印的生命之約。關於黑熊、蜂巢、一棵以爪痕顯示勢力範圍的樹……以及靈魂的幻影。

現代文明所混亂了這原來的擁有……發生了知識的懷疑和價值的否定。也因此發生了靈魂上我所認定的隔斷和荒廢。最可怕的是經由懷疑和否定，進而對自己原有一切的逐漸荒廢湮失。

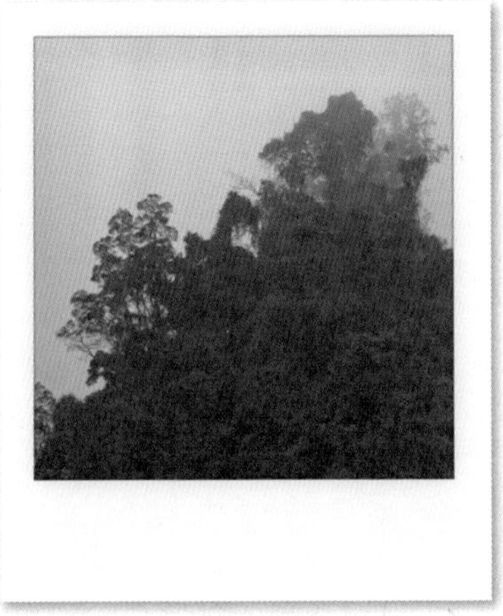
每處都烙印生命之約。

我們的狩獵早已隨法律及獵場荒廢、而消失了獵人對山林和山岳的知識，對各別物種的對話。——一個族類的消失就帶來其他族類的斷鏈。

村裏組織的僅是守護的互助呼應。山林巡護。河溪巡護。地

方依賴少小的政府補輔給予行政經費、和年輕人在城市工作回匯的錢，形成基礎經濟。更在學歷上、競爭上的職業探覓……你們比我更清楚的現實；說出來，以經不是故事了。

「外來的你們以淺薄的瞭解，對族人文化傳承和目標困境都不夠清楚，就決策出自認對我們好的種種作為及期望。」撒茱・西娃支著頭。「我也願意本土化。但是，是怎樣的本土化呢？就如同現在的教育的混亂，師道尊重的喪失，價植的改變一樣嗎？問題、步驟固然複雜，『人要有目標』這句話也是又正確又空洞。最可怕的是原有文化傳統與彼此關係的荒廢，則是我所最害怕的斷層。」

這是山林的聲音……。

我在故事中無比緘默。

潤水，荖濃溪支流景色不斷說故事。我們在故事中無比緘默。

後記

坐著，從晨之微光坐到太陽從山脊跨過來。蟲鳴累了，祇有鳥持續在找陪牠唱歌的樹。

筆記本攤在膝上，我已寫下所聽到的、看到的。

不是我要寫下什麼，是山林要告訴我些什麼；那才是我所沒有的，才是山林篇所要的。我發現同一處林地，風在這邊和那邊的樹葉上，掠動的方向竟然不同，且聲音互異。人一靜坐，且坐往樹林邊緣稍深些的地方，連蚊蚋和一些看不到的蟲蟻，就分別告知，齊來搔擾。因為我是城市人，生活的皮膚已然習慣而且質變，會稚嫩的感受四際的敏銳，蠻能幫助我認識這些侵略與守土之戰。而覺得：我是對這些作胚胎般的默語，血緣式的回應。——因為這些才被召喚出來。

人在山林內站著，我必須先檢查探看，才敢進入。所有侵來的聲响、光暗、冷濕、堅硬、色澤……形貌萬端，儀態各具；山林召集了它們來啟示我某些天機。這麼一想明白，時間滴得就變濃稠，好似把存在某處年歲的濾存，都要搬了過來。我存在這兒，整座山和隔座又隔座山的份量，是如此真實。毛髮血肉膚觸感，都在風和光綫漩漾追逐中，醒過來呼叫。以癢以痛以辣以苦，而不給我一點甜的感覺。朦朧間、蛇、豬、熊、蝴蝶，甚至那我絲毫不知消失的爪趾翼片，都在眼前出現。

啊，謝謝，又謝謝。

我要寫的，是面對著巨大存在，正以山勢蟲微的覆臨，抽汲我的卑微與尊敬。陳述出我的認知、觀點、概念。

汪將軍

Regi

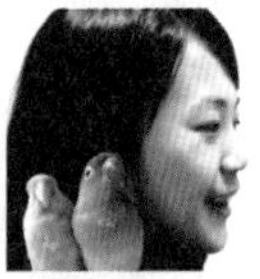

畫家／周里津

一個快樂高雄人，少時遊走台灣中北部，遠及北歐，現為自由接案及國際貿易公司旅遊商品設計師。相關作品：《祢是我的愛》口袋插畫書、Good TV《我們愛旅行》2008節目插畫、聯合晚報《M家族》周末副刊插畫、《南方人文聚落》／《我和我家附近的菜市場》／高雄哈瑪星文化公車主視覺插畫、2012天主教高雄教區《全民祈福百年安康》視覺及產品設計、2012五月天演唱會捷運插畫列車、2012眷村文化節主視覺海報、漢閣國際貿易有限公司：北京上海傳統好吃及建築系列明信片與產品等。

導演／吳文睿

國立台南藝術大學音像紀錄研究所碩士，現為專職影像工作者。現定居台南，為自由影像工作者。作品曾於南方影展、CNEX影展、新生一號出口等影展、高雄勞工博物館、公共電視高畫質頻道播映。個人作品：《苦瓜道人的唱片行》、《當我不存在就好》、《亨利公爵》；委製作品有《台灣Hi起來——恆春搶孤》（公共電視）、《台南蘭花故事微電影》（台南市政府）、《南方人文·駐地書寫：山林篇》（高雄市政府文化局）……等。

攝影／盧昱瑞

高雄人，是紀錄片工作者，但也喜歡四處拍照。近年來耽溺於用影像來記錄高雄海邊形色生活人文面貌。

南方人文。駐地書寫

國家圖書館出版品預行編目(CIP)資料

山林野旅手札 / 汪啓疆 著. -- 初版. -- 高雄市:高市文化　局, 2013.10
面；　公分 --(南方人文. 駐地書寫)
ISBN 978-986-03-8706-3(平裝)

851.486　　102022303

山林野旅手札

文　　字｜汪啓疆
攝　　影｜盧昱瑞
繪　　圖｜周里津
刊頭設計｜陳虹伃
B V 導演｜吳文睿
主 網 站｜南方人文．駐地書寫 http://w9.khcc.gov.tw/writingsouth/

出 版 者｜高雄市政府文化局
發 行 人｜史哲
企劃督導｜劉秀梅、郭添貴、潘政儀、陳美英
行政企劃｜林美秀、張文聰、陳媖如
地　　址｜802 高雄市苓雅區五福一路67號
電　　話｜07-2225136　傳　　真｜07-2288814
網　　址｜www.khcc.gov.tw

編輯承製｜印刻文學生活雜誌出版有限公司
總 編 輯｜初安民
編輯企劃｜田運良、林瑩華
視覺設計｜黃裴文
地　　址｜235 新北市中和區中正路800號13樓之3
電　　話｜02-22281626　傳　　真｜02-22281598
網　　站｜www.sudu.cc

總 經 銷｜成陽出版股份有限公司
電　　話｜03-3589000　傳　　真｜03-3556521
郵政劃撥｜19000691 成陽出版股份有限公司

指導單位　文化部 MINISTRY OF CULTURE

共同出版　高雄市政府文化局 Bureau of Cultural Affairs Kaohsiung City Government　INK 印刻文學生活誌

初版一刷 2013年10月
定價 220元
ISBN 978-986-03-8706-3　GPN 1010202496